父之罪

Lawrence Block

勞倫斯・卜洛克 著
易萃雯 譯

The Sins of the Fathers

〈新版推薦序〉

關於我的朋友馬修・史卡德

有很長一段時間，遇上還沒讀過「馬修・史卡德」系列的友人詢問「該從哪一本開始讀？」或「你最喜歡、最推薦哪一本？」之類問題，我都會回答，「先讀《八百萬種死法》，我最喜歡《酒店關門之後》。」

如此答覆有其原因。

「馬修・史卡德」系列幾乎每一本都可以獨立閱讀——作者勞倫斯・卜洛克認為，即使是系列作品，每部作品都仍該是個完整故事，所以倘若故事裡出現已在系列中其他作品登場過的角色，卜洛克就會簡述來歷，沒讀過其他作品或許不會理解角色之間的詳細關係，不過不會對理解手頭這本的情節造成妨礙。事實上，這系列在二十世紀末首度被引介進入國內書市時，出版社選擇出版的第一本書，就不是系列首作《父之罪》，而是第五部作品《八百萬種死法》。

出版順序自然有編輯和行銷的考量，讀者不見得要照章行事，我的答案與當年的出版順序並無關聯，《八百萬種死法》也不是我第一本讀的本系列作品。建議先讀《八百萬種死法》，是因為我認為這本小說最適合用來當成某種測試，確認讀者是否已經到達「人生中適合認識史卡德」的時期；

倘若喜歡這本，約莫也會喜歡這系列的其他故事，倘若不喜歡這本，那大概就是時候未到——生命中的哪個階段會被哪樣的作品觸動，每個讀者狀況都不相同。

這樣的答覆方式使用多年，一直沒聽過負面回饋，直到某回聽到一名友人坦承，自己初讀《八百萬種死法》時，覺得這故事「很難看」。有意思的是，這名友人後來仍然成為卜洛克的書迷，讀完了整個系列。

概略討論之後，我發現友人覺得難看的主因在於情節——這個故事並未完全依循推理小說作者與讀者之間不言自明的默契，結局之前的轉折雖然合理，但拐彎的角度大得讓人有點猝不及防，有部分讀者會覺得自己沒能被說服接受。可是友人同時指出，史卡德這個主角相當吸引人——這系列故事主線均由史卡德的第一人稱主述敘事，所以這也表示整個故事讀來會相當吸引人。能夠吸引讀者、呼應讀者自身的生命經驗、讓讀者打從心底關切的角色，總會讓讀者想要知道：這角色還會面對哪些事件，又會如何看待他所處的世界？

這是讓友人持續讀完整個系列的動力，也是我認為這本小說適合用來測試的原因——《八百萬種死法》是全系列中結局轉折最大的故事，也是完整奠定史卡德特色的故事。從這個故事開始認識史卡德，就像交了個朋友；而交了史卡德這個朋友，會讓人願意聽他訴說生命裡發生的種種故事。

約莫在友人同我說起這事的前後，我按著卜洛克原初的出版順序，重新閱讀「馬修．史卡德」系列，然後發現：倘若當初我建議朋友從首作《父之罪》開始讀，友人應該還是會成為全系列的忠實讀者，只是對情節和主角的感覺可能不大一樣。

史卡德登場

二十世紀的七〇年代，卜洛克讀了李歐納・薛克特的《論收賄》，這是薛克特與一名收賄的紐約警察一起完成的作品，內容講的就是那個警察的經歷。那是一名盡責任、有效率的警察，偵破不少案子，但同時也貪污收賄、經營某些不法生意。

卜洛克十五、六歲起就想當作家，他讀了很多偉大的經典作品，不過一開始並不確定自己該寫什麼；剛入行時他用筆名寫的是女同志和軟調情色長篇，市場反應不錯，六〇年代開始寫「睡不著覺的密探」系列，銷售成績也不差。七〇年代他與出版社商議要寫犯罪小說時，認為《論收賄》裡的警察或許能夠成為一個有趣的角色，只是他覺得自己比較習慣使用局外人的觀點敘事，沒什麼把握能寫好一個在警務體制裡工作的貪污警員。

於是卜洛克開始想像這麼一個角色：這個人是名經驗老到的刑警，和老婆小孩一起住在市郊，有辦案的實績，也沒放過收賄的機會；某天下班，這人為了阻止一樁酒吧搶案而掏槍射擊，但跳彈意外殺死了一個街邊的女孩。誤殺事件讓這人對自己原來的生活模式產生巨大懷疑，加劇了喝酒的習慣、與妻子分居、獨自住在旅館，偶爾依靠自己過往的技能接點委託維持生計，但沒有申請正式的偵探執照，而且習慣損出固定比例的收入給教堂……

真實人物的遭遇加上小說家的虛構技法，馬修．史卡德這個角色如此成形。

一九七六年，《父之罪》出版。

一名女性在紐約市住處遭人殺害，嫌犯渾身浴血、衣衫不整地衝到街上嚷嚷之後被捕，兩天後在獄中上吊身亡。女孩的父親從紐約州北部的故鄉到紐約市辦理後續事宜，聽了事件經過後找上史卡德——就警方的角度來看這起案件已經偵結，這名父親也不大確定自己還想做什麼，他與女兒幾年來鮮少聯絡，甫知女兒死訊，才想搞清楚女兒這幾年如何生活、為什麼會遇上這種事。警方不會處理這類問題，於是把他轉介給曾經當過警察、現已離職獨居的史卡德。

以情節來看，《父之罪》比較像刻板印象中的推理小說：偵探接受委託，找出凶案的真正因由。這個故事同時確立了系列案件的基調——會找上史卡德的案子可能是警方認為不需要處理的，或者是當事人因故無法、或不願交給警方處理的；而史卡德做的不僅是找出真凶，還會在偵辦過程裡挖掘出隱在角色內裡的某些物事，包括被害者、凶手，甚至其他相關人物。

緊接著出版的《在死亡之中》和《謀殺與創造之時》都仍維持類似的推理氛圍，不同的是卜洛克對史卡德的描寫越來越多。史卡德的背景設定在首作就已經完整說明，卜洛克增加的是史卡德處理事件過程的生活細節——他對罪案的執拗、他與酒精的糾纏、他和其他角色的互動，以及他在紐約憑藉公車、地鐵、偶爾駕車或搭車但大多依靠雙腿四處行走查訪當中的所見所聞，這些細節累疊在原先的背景設定上，逐漸讓史卡德越來越立體，越來越真實。

史卡德曾是手腳不算乾淨的警員，他知道這麼做有違規範，但也認為這麼做沒什麼不對——有缺陷的是制度，他只是和所有人一樣，設法在制度底下找到生存的姿態。這使得史卡德成為一個特殊的冷硬派偵探——這類角色常以譏誚批判的眼光注視社會，史卡德也會，但更多時候這類譏誚會轉為自嘲，因為他明白自己並不比其他人更好，這類角色常面不改色地飲用烈酒，史卡德也會，但酒精因而成為一種將他拽開常軌的誘惑，摧折身體與精神的健康；這類角色心中都會具備一套自己的道德判準，史卡德也會，而且雖然嘴上不說，但他堅持的力道絕不遜於任何一個硬漢。

我私心將一九七六年到一九八一年的四部作品劃歸為系列的「第一階段」。這四部作品的情節不只呈現了偵查經過，也替史卡德建立了鮮明的形象——作家替角色設定的個性與特質會決定角色面對衝突時的反應，而讀者會從這些反應推展出現的情節理解角色的個性與特質。史卡德並非完人，沒有超凡的天才，反倒有不少常人的性格缺陷，對善惡的標準似乎難以解釋，但他面對罪惡的態度會讓讀者清楚地感知那個難以解釋的核心價值。

讀者越來越了解史卡德——他不是擁有某些特殊技能、客觀精準的神探，他就是個試著盡力解決問題的凡人。或許卜洛克也越寫越喜歡透過史卡德去觀察世界——因為他寫了《八百萬種死法》。

反正每個人都會死，所以呢？

《八百萬種死法》一九八二年出版。

打算脫離皮肉生涯的妓女透過關係找上史卡德，請史卡德代她向皮條客說明。皮條客的行為模式與眾不同，尋找時花了點工夫，找上後倒沒遇到什麼麻煩；皮條客很乾脆地答應，但幾天之後，史卡德發現那名妓女出了事。史卡德已經完成委託，後續的事理論上與他無關，可是他無法放手，認為這事八成是言而無信的皮條客幹的；他試著再找皮條客，雖然不確定找上後自己要做什麼，不料皮條客先聯絡他，除了聲明自己與此事毫無關聯，並且要雇用史卡德查明真相。

在妓女出現之前，史卡德做的事不大像一般的推理小說；接下皮條客的委託之後，史卡德的工作方式則與前幾部作品一樣，不是推敲手上的線索就看出應該追查的方向，而是透過皮條客手下的其他妓女以及史卡德過往在黑白兩道建立的人脈，扎扎實實地四處查訪。因此之故，《八百萬種死法》有不少篇幅耗在史卡德從紐約市的這裡到那裡，敲門按電鈴，問問這個問問那個；其他篇幅一部分用來講述史卡德的生活狀況——主要是他日益嚴重的酗酒問題，酒精已經明顯影響他的神智和健康，但他對戒酒無名會那種似乎大家聚在一起取暖的進行方式嗤之以鼻，另一部分則記述了史卡德從媒體或對話裡聽聞的死亡新聞。

《八百萬種死法》的書名源於當時紐約市有八百萬人口，每個人可能都有不同的死亡方式；這些死亡事件與史卡德接受的委託沒有關係，史卡德也沒必要細究每樁死亡背後是否藏有什麼祕密。如此安排容易讓讀者覺得莫名其妙——我要看史卡德怎麼查線索破案子，卜洛克你講這些無關緊要的東西做什麼？不過讀者也會慢慢發現：這些插播進來的死亡新聞，讀起來會勾出某些古怪的反應，有時是深沉的慨嘆，有時是苦澀的笑意。它們大多不是自然死亡，有的根本不該牽扯死亡——例如有人扛回被丟棄的電視機想修好了自己用，結果因電視機爆炸而亡，這幾乎有種荒謬的喜感——讀者認為它們「無關緊要」，是因它們與故事主線互不相涉，但對它們的當事人而言，那是生命的瞬間消逝，可一點都不「無關緊要」。

是故，這些死亡準確地提出一個意在言外的問題：反正每個人都會死，所以呢？每個人如何迎來生命終點都無法預料，甚至不可理喻，沒有善惡終報的定理，只有無以名狀的機運；在這樣的世界裡，執著地追究某個人的死亡，有沒有意義？或者，以史卡德的處境來說，遠離酒精，讓自己清醒地面對痛苦，有沒有意義？

推理故事大多與死亡有關。古典和本格派將死亡案件視為智力遊戲，是偵探與凶手、讀者與作者之間鬥智的謎題；冷硬和社會派利用死亡案件反映社會與人的關係，什麼樣的環境會讓人做出什麼樣的掙扎，什麼樣的時代會讓人犯下什麼樣的罪行。其實，推理故事一直是最適合用來揭示人性的故事，因為要查明一個或數個角色的死因，調查會以死者為圓心向外輻射，觸及與死者有關的其他角色，釐清他們與死者的關係、死亡對他們的影響、拼湊死者與他們的過往，這些調查會顯露角色們的個性，死因與行凶動機往往就埋在這些人性糾葛之中。

《八百萬種死法》不只是推理小說，還是一部討論「人該怎麼活著」的小說。

「馬修．史卡德」是個從建立角色開始的系列，而《八百萬種死法》確立了這個系列的特色，這些故事不僅要破解死亡謎團、查出凶手，也要從罪案去談人性。

我們終將孤獨

在《八百萬種死法》之後，卜洛克有幾年沒寫史卡德。

據聞《八百萬種死法》本來可能是系列的最後一個故事，從故事的結尾也讀得出這種味道——史卡德解決了事件，也終於直視自己的問題，讓系列在劇末那個悸動人心的橋段結束，是個合理的選擇，也是個漂亮的收場——不過從隔了四年、一九八六年出版的《酒店關門之後》來看，卜洛克還想繼續以史卡德的視角看世界，沒有馬上寫他的故事，可能是自己的好奇還沒尋得答案。

因為大家都知道，故事會有該停止的段落，角色做完了該做的事、有了該有的領悟；但在現實生活裡，時間不會停在「全書完」三個字出現的那一頁，就算人生因為某些事件而轉往新方向，等在眼前的也不會是一帆風順「從此幸福快樂」的日子。卜洛克的好奇或許是：在史卡德直視自身問題、做了重要決定之後，他還是原來設定的那個史卡德嗎？那個決定會讓史卡德的生活出現什麼變化？那些變化是否會影響史卡德面對世界的態度？

倘若沒把這些事情想清楚就動手寫續作，大約會出現兩種可能：一是動搖前五部作品建立的系列基調——既然卜洛克喜歡這個角色，那麼就會避免這種情況發生；二是保持了系列基調但破壞了《八百萬種死法》那個完美結局的力道——真是如此的話，不如乾脆結束系列，換另一個主角講故事。

《酒店關門之後》是卜洛克思考之後的第一個答案。

這個故事裡出現三樁不同案件，發生在《八百萬種死法》之前。案件之間乍看並不相干（不過後來發現其中兩起有點關聯），史卡德甚至不算真的在調查案件——第一樁案件是酒吧常客妻子被殺，史卡德被委任去找出兩名落網嫌犯的過往記錄，讓他們看起來更有殺人嫌疑；第二樁事件是另一家起酒吧帳本失竊，史卡德負責的是與竊賊交涉、贖回帳本，而非查出竊賊身分。至於第三樁事件，史卡德完全沒被指派工作，那是一樁搶案，史卡德只是倒楣地身處事發當時的酒吧裡頭，而且也沒被搶。

三樁案件各自包裹了不同題目，這些題目可以用「愛情」、「友誼」之類名詞簡單描述，但真要說明白它們內裡的複雜層次，卻常讓人找不著最合適的語彙。卜洛克擅長用對話表現角色個性和推進情節，因此故事讀來一向流暢直白；流暢直白不表示作家缺乏所謂的文學技法，因為《酒店關門之後》完全展現出這類文字的力量——倘若作家運用得宜，這類看似毫不花巧的文字其實能夠帶領讀者無限貼近這些題目的核心，將難以描述的不同面向透過情節精準展演。

同時，卜洛克也在《酒店關門之後》為自己和讀者重新回顧了史卡德的完整形象，他的私人生活，他的道德判準，以及酒精。《酒店關門之後》的案件都與酒吧有關，故事裡也出現了非常多酒吧——高檔的酒吧、簡陋的酒吧、給觀光客拍照留念的酒吧、熟人才知道的酒吧、正派經營的酒吧、非法營業的酒吧、具有異國風情的酒吧、屬於邊緣族群的酒吧。每個人都找得到自己應該歸屬、宛如個人聖殿的酒吧，每個人也都將在這樣的所在，發現自己的孤獨。

史卡德並非沒有朋友，但每個人都只能依靠自己孤獨地面對人生，不是沒有伴侶或好友的孤獨，而是有了伴侶和好友之後才會發現的孤獨，在酒店關門之後、喧囂靜寂之後，隔著酒精製造出來的矇矓迷霧，看見它切切實實地存在。事實上，喝酒與否，那個孤獨都在那裡，只是少了酒精，有時就會缺乏直視的勇氣；可是理解孤獨，便是理解自己面對人生的樣貌，有沒有酒精，這都是必要的人生課題。

同時，《酒店關門之後》確立了這系列的另一個特色。假若從首作讀起，讀者會知道系列故事按著時序發生，不過與現實時空的連結並不明顯——那是二十世紀七、八〇年代發生的事，至於確切是哪一年則不大要緊。不過《酒店關門之後》開場不久，史卡德便提及事件發生在很久之前、一九七五年，是過去的回憶，而結尾則說到時間已經過了十年，也就是故事裡「現在」的時空應當是一九八五年，約莫就是《酒店關門之後》寫作的時間。史卡德不像某些系列作品的主角那樣，似乎固定停留在某段時空當中，他和作者、讀者一起活在同一個現實裡頭。

再過三年，《刀鋒之先》在一九八九年出版，緊接著是一九九〇年的《到墳場的車票》。卜洛克準備答案所花的數年時間沒有白費，結束了在《酒店關門之後》的回顧，史卡德的時間繼續前進，他用一種與過去不大一樣的方式面對人生，但也維持了原先那些吸引人的個性特質。

在人間與黑暗共舞

從《八百萬種死法》至《到墳場的車票》是我私心分類的「第二階段」，卜洛克在這個階段重新整理了對角色的想法，讓史卡德成為一個更有血有肉、會隨著現實一起慢慢老去、仿若與讀者一同生活在現實的真實人物。而系列當中的重要配角在前兩階段作品中也已全數登場，史卡德的人生即將邁入新的篇章。

我認定的「馬修・史卡德」系列「第三階段」從一九九一年的《屠宰場之舞》開始，到一九九八年的《每個人都死了》為止，卜洛克在八年裡出版了六本系列作品，寫作速度很快，而且每個故事都很精采，人性描寫深刻厚實，情節絞揉著溫柔與殘虐。

雖說先前談到前兩階段共八部作品時一直強調角色塑造，但不表示卜洛克沒有好好安排情節。卜洛克的確認為角色很重要——他在講述小說創作的《小說的八百萬種寫法》中明確寫道：「幾乎所有讀者持續翻閱任何小說的主要原因，就是想知道接下來發生的事，讀者之所以在乎接下來發生的事，則是因為作者描寫人物性格的技巧。小說中的人物若有充分描繪，具有引起讀者共鳴與認同的力量，讀者就會想知道他們下場如何，並深深擔心他們的未來會不會好轉，」「馬修・史卡德」系列可以視為這番言論的實際作業成績。不過，同一本書裡，他也提及寫作之前應該重新閱讀，不是以讀者的眼光閱讀，而是以作者的洞察力閱讀。卜洛克認為這樣的閱讀不是可以學到某種公式，而是能夠培養出一些類似「直覺」的東西，知道創作某類小說時可以用什麼方式。

說得具體一點，「以作者的洞察力閱讀」指的不單是享受故事，而是進一步拆解故事，找出該故事的作者用什麼方法鋪排情節，如何埋設伏筆、讓氣氛懸疑，如何製造轉折、讓發展爆出意外。

開始寫「馬修．史卡德」系列時，卜洛克已經是很有經驗的寫作者；要寫犯罪小說之前，他已經拆解了不少相關類型的作品。史卡德接受的是檢調體制不想處理、或當事人不願交給體制處理的案件，這些案件不大可能牽涉某種國際機密或驚世陰謀，但往往蘊含隱在社會暗角、體制照料不到之處的幽微人性——而史卡德的角色設定，正適合挖掘這樣的內裡。

從《父之罪》開始，「馬修．史卡德」系列就是角色與情節的適恰結合，而在寫完前兩個階段、史卡德的形象穩固完熟之後，卜洛克從《屠宰場之舞》開始加重了情節的黑暗層面。《屠宰場之舞》出現性虐待受害者之後將其殺害、並且錄影自娛的殺人者，《行過死蔭之地》出現綁架、性侵，並以切割被害者肢體為樂的凶手，《一長串的死者》裡一個祕密俱樂部驚覺成員有超過正常狀況的死亡機率，《向邪惡追索》中的預告殺人魔似乎永遠都有辦法狙殺目標。

這些故事都有緊張、刺激、驚悚、駭人的橋段，而在經營更重口味情節的同時，卜洛克持續讓史卡德面對自己的人生課題——前女友罹癌、要求史卡德協助她結束生命；原來已經穩固的感情關係，忽然出現了意想不到變化；調查案子的時候，自己也被捲入事件當中，更糟的是，自己的朋友也被捲入事件當中、甚至因此送命——諸如此類從系列首作就存在的麻煩，在第三階段一個都沒少。

史卡德在一九七六年的《父之罪》裡已經是離職警察，可以合理推測年紀可能在三十到四十之間，因此到一九九八年的《每個人都死了》為止，史卡德處於從三十多歲到接近六十歲的中壯年時期。在人生的這段時期當中，大多數人已經成熟、自立，有能力處理生活當中的大小物事，但也必須承受最多生活壓力——年長者的需求、年幼者的照料、日常經濟來源的提供、人際關係的維繫——而總也在這類時刻，一個人會發現自己並沒有因為年紀到了就變得足夠成熟或擁有足夠能力，毋需面對罪案，人生本身就會讓人不斷思索生存的目的，以及生活的意義。

「馬修・史卡德」系列的每一個故事，都在人間與黑暗共舞，用罪案反映人性，都用角色思考生命。

新世紀之後

進入二十一世紀，卜洛克放緩了書寫史卡德的速度。

原因之一不難明白：史卡德年紀大了，卜洛克也是。卜洛克出生於一九三八年，推算起來史卡德可能比他年輕一點，或者同樣年紀。在歷經種種人生關卡、頻繁與黑暗對峙的九〇年代之後，史卡德的生活狀態終於進入相對穩定的時期，體力與行動力也逐漸不比以往。

原因之二也很明顯：九〇年代中期之後，網際網路日漸普及，犯罪事件利用網路及相關科技的比例也慢慢提高。卜洛克有自己的部落格、發行電子報，會用電腦製作獨立出版的電子書，也有臉書帳號，這表示他是個與時俱進的科技使用者，但不表示他熟悉網路犯罪的背後運作。要讓史卡德接觸這類罪案並無不可——早在一九九二年的《行過死蔭之地》裡，史卡德就結識了兩名年輕駭客，真要寫這類罪案，卜洛克想來也不會吝惜預做研究的功夫；但倘若不讓史卡德四處走動、觀察人間，那就少了這個系列原有的氛圍。

另一個原因則相對沒那麼醒目：卜洛克長年居住在紐約，世貿雙塔就是史卡德獨居的旅店房間窗景，二〇〇一年九月十一日發生在紐約的恐怖攻擊事件，對卜洛克和史卡德這兩個紐約客而言都是巨大的衝擊。卜洛克在二〇〇三年寫了獨立作品《小城》，描述不同紐約人對九一一的反應與後續生活；史卡德沒在系列故事裡特別強調這事，但更深切地思考了死亡——史卡德這角色是因為死亡才成形的，那樁跳彈誤殺街邊女孩的意外，把史卡德從體制內的警職拉扯出來，變成一個體制外孤獨抵抗人性黑暗的存在。過了二十多年，人生似乎步入安穩境地之際，世界的陡然巨變與個人的生理狀態，則提醒每個人：死亡非但從未遠去，還越來越近。而這也符合史卡德與許多系列配角的狀況，他們和史卡德一樣，都隨著時間無可違逆地老去。

「馬修．史卡德」系列的「第四階段」每部作品間隔都較「第三階段」長了許多。第一本是二〇〇一年《死亡的渴望》，這書與二〇〇五年的《繁花將盡》是本系列僅有「應該按順序閱讀」的作品。下一部作品是二〇一一年出版的《烈酒一滴》，不過談的不是二十一世紀的史卡德，而是《八百萬種死法》之後、《刀鋒之先》之前的史卡德——這兩本作品之間的《酒店關門之後》談的是一九七五年發生的往事，以時序來看，讀者並不知道史卡德在那段時間裡的狀況，那是卜洛克正在思索這個角色、史卡德正在經歷人生轉變的時點，《烈酒一滴》補上了這塊空白。

餘下的兩本都不是長篇作品。《蝙蝠俠的幫手》是短篇合集，可以讀到不同時期史卡德遭遇的事件，讀者會發現即使沒有夠長的篇幅，卜洛克一樣能夠巧妙地運用豐富立體的角色說出有趣的故事。二〇一九年的《聚散有時》則是中篇，也是「馬修．史卡德」系列迄今為止的最後一個故事，事件本身相對單純，但對系列讀者、或者卜洛克自己而言，這故事的重點是交代了史卡德以及系列當中重要配角的生活，他們有的長大了，有的離開了，有的年老了，但仍然在死亡尚未到訪之前，在生命裡碰撞出新的火花，發現新的意義。

最美好的閱讀體驗

「馬修．史卡德」系列的起始是犯罪故事，屬於廣義的推理小說類型，每個故事裡也都能讀出推理小說的趣味，縱使主角史卡德並非智力過人的神探，但他踏實地行走尋訪，反倒看到了更多人間光景、接觸了更多人性內裡。同時因為史卡德並不是個完美的人，所以他的頹唐、自毀、困惑，以及堅持良善時迸出的小小光亮，才會顯得格外真實溫暖。

是故，「馬修．史卡德」系列不只是好看的推理小說，還是好看的小說，不只是好看的小說，還是好的小說——不僅有引發好奇、讓人想探究真相的案件，不僅有流暢又充滿轉折的情節，還有深刻描繪的人性。

讀這個系列會讓讀者感覺真的認識了史卡德，甚至和他變成朋友，一起相互扶持著走過人生低谷、看透人心樣貌。這個朋友會讓人用不同視角理解世界、理解人，或者反過來理解自己。

我依然會建議初識這個系列的讀者，從《八百萬種死法》開始試試自己和史卡德合不合拍，不過或許除了《聚散有時》之外，任何一本都會是很好的選擇——不同時期的史卡德作品會有些不同的質地，但都保持了動人的核心。

這些年來我反覆閱讀其中幾本，尤其是《酒店關門之後》，電子書出版之後，我又從《父之罪》開始依序閱讀，每次閱讀，都會獲得一些新的體悟。史卡德觀看世界的視角未曾過時，卜洛克對人性的描寫深入透澈，身為讀者，這是最美好的閱讀體驗。

〈推薦序〉

不養貓的偵探：鑑賞勞倫斯・卜洛克與馬修・史卡德

史蒂芬・金

一

替一本好的類型小說（深受讀者歡迎、歷經時間考驗）進行導讀，就有點像是在婚禮上擔任伴郎一樣，唯一的差別是：要當個成功的伴郎，只要別在典禮上昏倒或是大放響屁，然後在對的時間點遞上戒指就行。做為一名導讀者，是不用擔心會把戒指弄丟，不過卻得發表點意見，還得要能讓那位被他介紹的主角（唯一一個保證會看這篇導讀的人）覺得有趣才行。

當你介紹的是一本了不得的通俗文學時，想說些機智有趣的話有時還真是難如登天。相信我，我替好幾本書寫過序，大部分都疑似是一千二到三千字不等的廣告文宣。這項任務之所以會這麼艱難，一言以蔽之，原因就出在「引起共鳴」這件事上。一本好的通俗小說得具備許多要件，其中最重要的就是「能否引起讀者共鳴」。大部分文學導讀在本質上都屬於內容解析，然而對於真正能「引起共鳴」的文章（也就是以易於理解的文筆，使閱讀成為一件愉快享受的事），內容解析便顯得冗長而多餘。

平易近人的文筆，不過是勞倫斯・卜洛克身為作家的美德之一，卻也無疑是他最棒的天賦。他的小說（已有二、三十本）結合了簡潔、平實、真誠以及生動等特色，帶來流暢痛快的閱讀經驗；讀者從未感覺到作者絞盡腦汁、千辛萬苦像縴夫拉船那樣吃力的讓小說成型，反倒是故事忽地浮現眼前，有如高明的魔術師一張手，就有鴿子冒出來那般自然。

這點對於讀者與觀眾來說當然是件好事。那麼，對於文學的儐相（在這裡的任務就是對典禮上的主角所成就的美妙事蹟，提出一些精闢的見解）而言，又有什麼好說的呢？追本溯源或許是個辦法；在這裡大概就是以幾千字來敘述偵探故事那精采華麗的光榮過往，然後以那可歌可泣的漫長歷險所造就的傑出終端產物——卜洛克先生——來作結。不幸的是，偵探小說的歷史並不長（古典派的說法始於愛倫坡，理論派的說法則始於漢密特），也不為人所推崇（許多評論家仍然認為偵探小說不過就是在文學的按摩殿堂幫人「打手槍」的角色罷了），況且比起我的許多讀者，我對推理小說也只能說是略懂而已，所以這招沒用。

摒除了分析法則與歷史回顧，就剩下作者軼聞可以考慮了，好比說些關於作者的低級笑話之類的；再想不出來的話，就講些溫暖勵志的心路歷程等等（雖說低級笑話總是比較好，不過溫馨小品也無傷大雅就是）。不過我運氣不好，連這點都做不到。我跟老卜並不算熟，只有幾面之緣，所以我連他走溫馨勵志風還是低級搞笑風都說不上來。我只知道他跟唐諾・威斯雷克還有布萊恩・加菲爾德（譯註：Donald E. Westlake（1933-2008），知名犯罪小說家，得過多座愛倫坡獎。Brain Garfield（1939-），小說家、劇作家，曾於一九七六年得到愛倫坡最佳小說獎）交好（看來這表示他比較偏向低級搞笑的類型）。既然我說不準，那麼作者軼聞這部分也只得作罷。

好吧，那還剩什麼？以社交準則來評論暢銷小說？算了吧。以心理分析層面來探討暢銷小說？這更慘，簡直令人作嘔。看來只剩下老套的宣傳手法了——天曉得這套我可是在行得很。不過在此我還是想更體面的卸下這項重責大任，理由很簡單：卜洛克的小說（尤其是馬修．史卡德系列）對我而言實在太重要了。可以的話，我希望自己不要只是在那兒不知所云的說得天花亂墜。

要是那票評論家聽到有人將暢銷小說視為人生中重要的元素，肯定會嘴角上揚，但這主要是由於那些缺乏幽默感的小人、卑微的傢伙，對高尚的人格以及簡潔易懂的小品抱持了戒心與不信任感。不管這些傢伙怎麼想，好的暢銷小說確實至為重要，其珍罕的程度遠超過那些自詡為「文學評論家」的人或是所謂「學者」所能想像。將小說視為主要消遣的男男女女都很清楚，像是老卜跟馬修．史卡德這樣的存在，在世上可說是永遠不嫌多。

因此，若是連小手段跟狗皮膏藥都消去，還剩下什麼可以介紹？親愛的華生，答案再清楚不過了。

那當然就是——故事裡沒有貓（譯註：史蒂芬．金在此將小說中的花招、噱頭等取巧手段比喻為貓）。

2

馬克．吐溫曾說過：「這本書裡面沒有關於天氣的描寫；這是為了要寫出一個沒有天氣變化的故事所做的嘗試。」在第一本以馬修．史卡德為主角的小說《父之罪》（首刷平裝版於一九七六年出版）中，老卜便試著寫出一本連一隻他媽的貓都沒有的私探小說，而且還成功了。我認為，這在在展現了他掌握到作家應有的那種淺顯易懂的文字功力，以及他自成一格的特質。

這下你大概會認定我是在搞怪；是的話，那你就錯了——我可是非常認真的，而且我認為我有表達自己想法的權利。告訴你，我這兩年來可是閱推理、懸疑以及私探小說無數（我曾於一九九〇年，擔任美國推理作家協會最佳新人獎的評審之一，所以應該不用多做解釋了），我敢說那些養貓的私探（那些貓往往一身癩痢，有著一對大卵蛋還有一隻被咬爛的耳朵），就像開著BMW的雅痞一樣滿街都是。

記得有某位評論家還是誰，對羅斯·麥唐諾〔譯註：Ross Macdonald（1915-1985），開展冷硬派小說新局的重要推理作家，曾獲英國推理作家協會的金、銀匕首獎，以及美國推理作家協會的大師獎〕筆下的陸·亞傑系列小說的整體風格，有著如下描述——「一個男人就算噙著淚水也得走下去的險惡大街」，而這樣子的風氣直至今日都未曾有什麼顯著的改變，頂多是近年來那些胸有柔情的夢幻硬漢終於歷經滄桑回到家的時候，肯定有隻掛著兩顆大蛋蛋又少了一邊耳朵的公貓來迎接他。一個私家偵探養隻貓有什麼不對？老實說，還真的不對。首先，忽然之間所有人都一窩蜂這麼搞，給自己的貓取名為米奇、史格魯葛斯、莫里亞提的偵探，就跟那些穿著亮粉短褲在鬧街路旁溜直排輪的白痴一樣多。其次，貓是種偷吃步的手段，一種情感層面的速成法，是不懂得寫作的作家寫給不懂得閱讀的讀者看的手法，其字裡行間所散發出來的驕矜自喜，就像是作者在說：「嘿！我筆下這號人物相當與眾不同喔，因為他養了隻貓！真是個好心善感之人啊。但他只能在自己於某個孤寂深夜，從暗巷撿來的流浪貓跟前，表露他充滿柔情的一面！這他媽的不算經典還算什麼？」

在我看來，真正的答案就是那個「還算什麼」，不過問題根本不在貓，而是在開頭的那段宣言：

「嘿！我筆下這號人物相當與眾不同喔，因為……」

……因為他是個同性戀的高中老師，在愛人（一位在兩屆世界大賽中都投出無安打紀錄的大聯盟投手）的協助下破案。

……因為他是個侏儒。

……因為他是個俄籍猶太人。

……因為他方當壯年時在洛杉磯工作，因而認識了好萊塢鼎盛時期的各式名人。

……因為他在拿槍跟那些壞人對幹的閒暇之餘，喜歡隨性弄些藍帶水準的餐點。

……因為他是個專攻受創兒童問題的心理治療師。

……因為他是黑人。

……因為他通靈。

……因為他實際上是個女的。

……因為她是個女同性戀。

在你叫我閉上鳥嘴滾邊去之前，先讓我向你保證我絕無詆毀之意。這類小說我可迷得很，還非常喜歡上述某些角色——比如莎拉．派瑞斯基（譯註：Sara Paretsky（1947-），鑽石匕首獎得主，其筆下角色曾獲美國推理作家協會票選最受歡迎女偵探的前三名）筆下的維艾．華沙斯基，我簡直哈到不行；也老迫不及待要看亞力士．達拉威系列新作；還有史賓塞、哈利．史東納也是。我想表達的重點只不過是：自由姆．史貝德與菲力普．馬羅獨自走在那些險惡街頭（而且與其說是噙淚浪蕩街頭，這兩個寶貝還比較像是在街頭狂嘯而去）以來，那些私探小說裡與案件無直接利害關係、卻緊咬線索不放的局外人偵探，其地位在歷經漫漫長路之後早已變得無可撼動；因此要打造出一個具有足夠獨創性、能夠鶴立雞群的角色可說是艱難無比。結果，許多作家轉而投入標新立異的角色設定，因此少了真實細膩的人格塑造。換個說法就是：他們借助了貓的力量——許多不同樣貌、顏色的貓……不過可惜的是，他們在暗處看起來全都灰蒙蒙的。

3

正如先前所述，馬修．史卡德系列小說中並沒有「貓」的存在。舉凡美食家的料理、侏儒（儘管確實有個嗜喝伏特加的白子患者，以提供小道消息的配角身分出現在稍後的幾本作品中）、通靈人士，一概沒有。簡言之，書裡並沒有花俏的噱頭。我會說，在近二十年中只出現過三位「純」私家偵探，除了史卡德，另外兩位便是羅倫．艾索門（譯註：Loren D. Estleman（1952-），推理小說家，他的長、短篇小說曾多次獲得夏姆斯獎肯定）的阿默思．沃克，以及喬納森．瓦林（譯註：Jonathan Valin（1947-），推理小說家、樂評人，曾獲夏姆斯獎最佳小說）的哈利．史東納。

在我看來，史東納比沃克稍微成功一點，而馬修．史卡德則居三者之冠。他的成功並不在於有什麼特別之處，反而是因為他的平凡；若是你在紐約街頭遇到他，多半不會多看一眼便與他擦身而過。他之所以真，是因為整個塑造出來的環境都是真實的；而環境之所以真，是由於卜洛克的文筆將馬修．史卡德所處的紐約描繪得極為出色。超絕的營造手法，時而令人感到驚喜，卻絕不用那種「嘿，老媽！看看我，我在寫作呢！」的方式來刻意賣弄。他對位於紐約州的通勤市鎮——馬馬羅內克的卡里奧卡這間華麗卻又不起眼的酒吧式餐廳的描述，恰恰詮釋了我的觀點：「這個房間裝飾過度，混雜了一大堆紅、黑，以及冰藍色調，似乎是無所不用其極的在力求表現，以達到某人想呈現的佛朗明哥風格。」

分析這段簡短的形容詞句就不必了，不過我認為用這句話來點出「這裡沒有貓」是很重要的；沒有依樣畫葫蘆的手法，也沒有跳火圈的花樣——就是一個我們大家都曾去過的地方。像卡里奧卡這樣的地方到處都是，這點卜洛克清楚得很。

或許有些人會爭辯說，馬修．史卡德有養貓啊，還是隻傷痕累累的兇惡老貓呢。在早期的史卡德系列中，他是個「酒鬼偵探」，在稍後的作品中則成了「逐漸復原的酒鬼偵探」——這行唯一一個「右手拿槍、左手捧戒酒大書走在險惡大街上」的警察。他確實是個酒鬼，這點毋庸置疑；在《父之罪》中這個問題還算輕微（如同《聖經．列王紀》中所描述，是「一朵不過如手掌般大的烏雲」），而這個問題則隨著後來的故事每下愈況。這個現象造成了兩大高潮（還是跟史卡德自己辦的案子沒什麼瓜葛的高潮）——其一為「承認自己是個酒鬼」（在《八百萬種死法》結尾，史卡德終於承認了自己這個問題），其二為「確認自己是個酒鬼」（在《到墳場的車票》中，他買了瓶酒、差點喝了，但最後還是拿到水槽倒了個精光）。從一開始的《父之罪》便追隨這個系列直到最近一本《屠宰場之舞》的讀者，莫不始終好奇（說不定還有點期待著）是否會有第三個高潮——重拾酒杯的史卡德。

讀者或許盼得到，或許盼不到（當然了，盼不盼得到這個問題，也就是一本好的類型小說能否成功吸引讀者的關鍵之一）。這點連我自己都很好奇；不過這個問題對這篇小短文的訴求倒是無足輕重就是。重要的是，史卡德的酗酒問題根本就不算是在取巧。我認為這不是個仿效他人的噱頭，而是相當聰明（其實「高竿」才是第一個浮現我腦海的字眼）的、針對自始就成形的這位私家偵探人格面的冥思。你可知道，這現象真是打從一開始就存在，連夏洛克．福爾摩斯（從現代的觀點來看，他實在是一位格調高雅的偷窺狂）都是條毒蟲，而且他可不只是用鼻子吸吸，還是用注射的，甚至搞不好會趁四下無人的時候狂嗑毒品。說到注射，我也想都不用想，就知道他的針筒是打哪兒來的——太簡單了，我親愛的華生。

我們大可爭論這些被迫窺探別人生活的藥物濫用者，到底能否算是與案件本質無關的局外人，或是探討在這樣的工作壓力下（那些有能力的私探幾乎總是在這份工作中看到人性最醜惡的一面），他們是否最終都會墮入瓶中或針筒中。不過可以肯定的是：私家偵探與某種癮頭可說是打從一開始就焦孟不離、同根而生。無論是在舞台上、銀幕中、書本裡，任何一個自重的私探都肯定會放個一瓶什麼在身邊；大多數這類的男主角，都會在車子的置物箱以及（或是）褲子口袋裡藏個一瓶，以備不時之需。在偵探界很少見到酒鬼女主角，或是看她們把藥丸當糖果吞，不過菸槍倒是所在多有——老是看到他們隨時隨地隨手就塞一根菸到嘴裡，唰一下點燃的畫面（「我用拇指指甲擦了一根火柴，燃著了菸草」，羅倫．艾索門筆下的阿默思．沃克總如是說）。

史卡德與沃克，或說史卡德與馬羅的不同，就在於馬修．史卡德少打了傳說中的「真人免疫血清」——讓私家偵探喝一整晚的酒，隔天還能一早打起精神去吃培根蛋早餐的仙藥。事實上，馬修．史卡德一直有喝酒的習慣，早從我們一開始在史卡德最愛的酒吧「阿姆斯壯」遇見他的時候，就見他啜著摻了波本的黑咖啡。他為間歇性的陽痿所苦（又是少了「真人免疫血清」的缺陷），而他那位身為應召女郎的朋友——伊蓮——則認為說不定原因出在酗酒，而史卡德也承認有此可能——然後又繼續出門買醉去。在《酒店關門之後》（在我心中屬於「醉醺醺」的史卡德小說中的最後一本）結尾，卜洛克筆下的這位主角簡直活在地獄之中——在這個令人頭暈目眩的瘋狂世界中，每個人都在地下酒吧喝個通霄，為的就是隔天帶著全身無力的宿醉醒來，然後用阿斯匹靈配一杯回魂酒吞下肚，好繼續下一個循環。大夥兒不吃不睡（喝到醉倒就取代了睡眠）、不玩樂也不幹正事。史卡德在這個都市場景的噩夢中艱苦掙扎（這點在《父之罪》中只能略窺一二），除了下一杯酒，什麼也不想；除了痛苦，什麼也感受不到。

這幾本早期的小說——從《父之罪》到《酒店關門之後》——極其精妙的描繪出這個酒精成癮的殘缺心靈在生鏽的軌道上，一路向著命中注定的唯一死胡同暴衝的畫面。卜洛克從深層的背景到呼之欲出的前景、無所不為的挑撥史卡德核心問題，他所採取的方法實在超乎尋常。史卡德的酗酒根本稱不上是噱頭，這是個原創的設定，是卜洛克用來將酒量驚人的偵探帶回現實層面的手法。若論此類型小說的浪漫元素，卜洛克筆下這位獨行俠倒是忠於基本設定，不過也只是像查維斯．麥基〔譯註：麥唐諾筆下的私家偵探〕一樣，很道林．格雷〔譯註：王爾德筆下一個極其自戀的人物〕罷了。卜洛克以某種極為可信的東西取代那些老套又神話的部分，結果成就了一系列可以糅合成一本書的作品（一本都市酒鬼版的《天路歷程》），以及一個青出於藍更勝於藍的私探角色。

4

那些參加ＡＡ（戒酒無名會）的「清醒酒鬼」從不說自己「好了」，只會說他們「正在復原」。無論如何，一旦他們不把酒吞下肚，酒精就漸漸不再是個日復一日、無限循環的問題。史卡德亦如是。在最新的一本小說中，這個問題再次成為當初《父之罪》中，那片「如掌心大小的烏雲」。有次我曾聽老卜承認說，連他自己也不曉得要是史卡德戒酒了，故事還能否進行下去；就在史卡德正視自己的問題之後，接下來的那本《酒店關門之後》便反過頭來回顧他過去最醉的那段時光，而這麼做似乎更凸顯了作者對於該如何進行下去——甚或是該不該繼續寫下去——的游移不定。

最後，將史卡德從作者創作瓶頸這團五里霧（業界通常將之定名為「接下來該他媽的怎麼辦」症）中拯救出來的，正是最初創造了他的那種精神——一雙洞見澄澈的雙眼、調和適中的現實主義與犬儒主義，以及隱約透露馬修．史卡德身陷在一個無法脫逃的坑洞中、又不斷徘徊於瘋狂與迷亂之間的那種駭人絕望與失落。

「你這樣就太不上道了，」他對一個不肯收區區幾元情報費的年輕警察這麼說，而當那名警察露出不敢苟同的神色時，史卡德用他獨一無二的方式解釋了一番：「這不算賄賂，這錢乾淨得很；你幫了人家一個忙，拿個幾塊錢當做回報也是理所當然。你想想——要是有人把錢塞給你的時候你不肯拿，那就會讓很多人都緊張起來，你得用他們給你的牌來玩遊戲才行。收下吧。」

「我的老天，」那個孩子嚥了嚥口水……然後就把錢收下來了。

這簡直是個表現冷硬哲學的完美實例。不過一旦由史卡德（這位總是將十分之一所得捐給教堂的不可知論者）做出來，就顯得有種陰魂不散的模糊曖昧在裡頭。這不是勞倫斯．卜洛克在效法前人，也絕對不是什麼花招噱頭——它無疑就是一種絕妙的寫作手法。

姑且不論其他貢獻，《父之罪》至少能引領新的讀者聽聽美國小說中不同凡響的聲音、認識這位使自身所屬文類的價值獲得肯定的人物，更別說這個作品本身就具有無上的價值，而它當然值得擁有能夠流傳久遠的精裝本（譯註：本文是史蒂芬．金於一九九二年為《父之罪》精裝版所寫的導讀）。對了，要是你像我一樣享受反覆閱讀此書的話，別忘了——這只是馬修．史卡德那段時而痛苦，卻饒富興味的漫長旅程的開端。（劉人鳳／譯）

〈導讀〉

上床·做為一種志業

唐諾

街上，
兒童喧鬧，
情侶哭泣，
詩人無止無休做著夢，
但他們一句話也不說出來，
教堂的大鐘早已荒棄不響了。

——唐·麥克林，〈美國派〉

直到現在，我還是一直喜歡一個早八百輩子已經不紅的男歌手，對我個人而言，他毋寧更接近個吟唱詩人。他叫唐·麥克林，二十多年了，我第一次在電視上看到他是在葛萊美獎頒獎會上，因為他以一首長達八分半鐘的歌〈美國派〉，痛切抨擊當時的流行樂壇，有趣的是，被他視為墮落的流行歌壇卻張開雙臂接納了他，葛萊美獎提名此曲包括「最佳單曲」等一串獎，並邀請他現場演唱。

唐・麥克林瀟灑的帶著他的吉他出場，發表他的另一首名曲〈文生〉，也有四、五分鐘長吧，是獻給瘋子畫家梵谷的，歌中哀傷的告訴那位死後方為人知的偉大畫家：「這個世界不配擁有你這麼美麗的人。」

這個世界的確不配擁有你這麼美麗的人——

之所以有感而發說起唐・麥克林，除了因為讀卜洛克的馬修・史卡德系列偶爾會令我想到他之外，這一次，我隱約覺得應該找首歌當開場，而我喜歡哀傷的年輕麥克林，彳亍於漫無目標的街頭，想找一個應該早已不在的東西那般光景。

《父之罪》，這是一九七六年的小說，馬修・史卡德系列的登場之作。

新來的史卡德先生

七六年那會兒的史卡德才真的叫孑然一身。沒有珍，沒有伊蓮（日後那種關係的伊蓮），沒有屠夫米基・巴魯，沒有包打聽丹尼男孩，也沒有小鬼頭阿傑，世界才開始，萬物都還沒有名字。就連戒酒也尚未開始（您記得他從哪部小說開始的呢？），史卡德喝咖啡時，我們注意到，他仍頗讓我們刺眼的滴進玉米釀製的波本威士忌。

我們可能也會注意到，《父之罪》也是這個系列小說中案情走法最接近古典推理的一部：我指的是，故事的結構較封閉，情節較集中，出場人物大體上皆和破案直接相干，一些破碎的線索後來也證明都「有用」，不像日後的史卡德視野那麼遼濶，那麼隨興所之，一葉孤舟任江湖。

但這不真的是一部古典推理，因為他問了一些真正的問題——我們只能說，《父之罪》的略嫌拘謹，可能是因為史卡德先生新來乍到，和大家はじめまして初見面有點生份是吧（儘管一開始他已是老紐約了）。

概念性分類的質疑

什麼問題呢？書中，最引人注目的很可能是史卡德坐教堂裡，問了個大哉問：目標正確手段錯誤，和目標錯誤手段正確，哪個比較糟？

這個既像高中生辯論大賽題目、又像讀書人關起門來做修辭學自我辯證的偉大話題，並非我所說的「真正的問題」——儘管這個問題並沒有這麼糟，如果我們嘗試將這問題擺到人類近一、兩百年的真實經驗，比方說，如果我們念過海耶克的名著《到奴隸之路》，並記得他書中先知式的警言「通往地獄的路往往是善意鋪成的」，我們可能會黯然想到，目標正確手段錯誤，似乎是頗典型的社會主義錯誤，帶給人類社會主義式的災難；而目標錯誤手段正確，則是資本主義社會所習見的，帶給人類資本主義式的不平與無奈。哪個較糟糕呢？很難講，只是前者的錯誤較令人扼腕，我們得提醒自己時時帶著醒覺。

我所說的「真正的問題」，遠不如這架勢大，而且恰恰好和這樣大而化之的化約性問題相反，反而是質疑這種概念性分類的荒謬失實。我以為這正是《父之罪》這本書最有意思的地方，包括：

⑴書中的被害女孩溫蒂算不算妓女？

(2)史卡德自己在哥倫布大道制伏一名翦徑搶匪之後，反倒搜走該搶匪一捲約兩百美元的鈔票，這算不算搶劫？

此外，如果還需要的話，我們大可再加上：

(3)史卡德到底算不算私家偵探？還是他真正只是幫別人的忙，然後（或說之前）人家送點禮物給他以為回報？

(4)我們也應該注意到了，打從《父之罪》以來，史卡德便開始付所謂「買帽子錢」（二十五美元）或「買外套錢」（一百美元）給警察，這構不構成賄賂？

顯然，全在邊際上，曖昧難明。

其中史卡德客串搶匪一事，事實上發生過兩回，在日後的《八百萬種死法》中又重演了一次，我們除了慨歎紐約治安敗壞之外，不能不注意到卜洛克還真的有意要讓我們察覺此事。

妓女的定義

溫蒂的情形是其中最有意思的：書中，這是個被設定為有嚴重戀父情結的年輕女孩，因此，依她的本性，她本來就主動會去勾搭一些年歲較大的中老年男子，並不需要金錢為中介；而幸蒙垂青的這些個老男人，事後的感激涕零想來也頗合人性，因此想買點禮物給她做為紀念或回報，這原也無可厚非，只是，一來事前沒準備好禮物有點緩不濟急；二來大家萍水相逢一時還真弄不清楚買什麼恰當些（這本來就是絕大多數男性最技窮的部分），因此，最簡單的解決辦法便是，送經濟學所說流通性最廣、交換彈性最大、轉變成其他貨物最無障礙的所謂「通貨」——俗名現金，cash。擺床頭櫃上（可能還有點不好意思），她喜歡什麼可以自己去挑去買，以答謝她的盛情款待。

依此邏輯順流而下，好像並沒什麼不對，和公子佳人私會後花園互贈玉珮之類的佳話好像也沒什麼不同——誰規定公子的年歲不能稍大一些？誰規定訂情的玉珮不可以折現？

這裡，第一個清楚的缺口可能在於，隻身跑到紐約來的溫蒂的確沒工作，卻溫飽有餘且不乏名牌皮包衣服等等，這不就證明她是「執業者」嗎？是說得通，但事情也仍然可以不這麼簡單，畢竟，我們知道至少溫蒂一開始並不打算依此維生，甚至她可能也認真打算過要找一份「正當職業」，那我們可不可以說，日子過著過著，她發現她這些「老情人」的慷慨贈與，對她來說夠了，她不想要更高的物質滿足，寧可空出更多時間好對付她精神上難以饜足的父愛匱乏——我們會怪一個女繼承人因為衣食無憂不去找工作是「錯的」嗎？

溫蒂的第二個清楚的缺口可能在於，她持之以恆的款待這些「父親」，並持之以恆的接受贈與，因此，不知不覺中，溫蒂已由追求父愛緩緩跨入純妓女的行列了，人世間一般所謂的「墮落」不都是這樣過來的嗎？然而，卜洛克世界並不打算就此善罷甘休，書中，他安排了溫蒂的一名前室友瑪西雅出場，這女孩，在溫蒂的引導或說誘惑下，也玩過幾次如此「上床／贈與」的遊戲，因此，業餘和職業的界線究竟該畫在哪裡？幾次或多高的頻率才算數？還是說只要有另外一份正經的職業收入就可不算？如此，我們知道史卡德的妓女女友伊蓮．馬岱，她很長一段執業生涯，更穩定而且龐大的收入係來自房地產租賃，我們能睜眼瞎說她不是嗎？

談到這裡，可能有人煩了，認為問題正出在妓女的基本定義，想釜底抽薪回頭來確定「妓女是什麼」——這裡，我們話說前頭，麻煩正出自於基本定義沒錯，依《韋氏大辭典》，「妓女」，意思是「以性來換取（物質）報酬的女人」，這顯然幫不了我們忙。因為，如果這個解釋得限定在「情非得已」「多少違反自由意志」的前提下，那溫蒂的樂在其中顯然就不是了；如果這個解釋寬廣到就是字面上的意思，那可就糟了，我想起的是日本名小說家石川達三的名著《幸福的界限》，該書控訴父權結構底下女性在家庭和婚姻生活的壓抑窒息，以「人妻只是附帶性生活的女傭」為小說命題。如此一來，不僅溫蒂當然是，很可能這個地球上絕大部分的女性（或男性，包括我本人）都得包含其中，附帶的，就連和人類只一線之隔的雌性靈長類都躲不開，生物學家老早就發現，在父權酋長制的靈長類群落中，發情期到來時，母猩猩、母狒狒或母猴子的地位會突然拔昇到最高階，有第一個享受食物的特權，但這樣的好光景只要發情期一過馬上落幕，如此，不正是《韋氏大辭典》那簡單幾個字的意思嗎？

斷裂與連續

因此，不是願不願或找不找得到精準定義的問題，而是定義的一刀兩斷必然會切開現實事物發展的連續性，從而，我們可能失去了觀察並反思「何以事情會演變到這種地步」的有價值過程。

我們同樣用生物學來舉個例好了。在我們大家念國中多少會學到一些的「界門綱目科屬種」的生物學分類中，有很長一段時間，分類學者相當熱中於在最小的分類單位「種」底下，再設置一個所謂的「亞種」，以便更精緻的捕捉同種生物的細微差異，於是，我們自稱萬物之靈的人種，也就再次細分為高加索種、澳洲種、蒙古種、印度次大陸種、開普種、剛果種、西半球和殖民地種云云——我相信，今天學歷史或其他人文學科的人，一看這些亞種名稱，很容易當場血脈賁張各種生理反應全上來了，畢竟，這些分類所衍生出來人類歷史上的種種不義慘劇，讓你想不去想到都很困難。

這裡，我們先硬起心腸不去談生物分類學之外的種種誤用，純粹封閉在生物學範疇中來說好了，說什麼呢？——現在，愈來愈多的生物學者質疑如此分類的必要性及其代價，其中我個人以為非常有意思的一種主張在於，人類形態上的差異，包括膚色、毛髮、面部結構和身體比例等，原來極可能來自於不同地理區域和不同環境底下適應和演化的結果，比方說，依據柏格曼定律，溫血動物在較寒冷的氣候和環境中體型會較大，理由是如此可相對縮小表面積，從而減少體表幅射發散熱量。

這樣的差異，如果我們只簡單用斷裂性的分類概念去處理，最可能的結果是將其排列歸檔，再貼上一個拉丁學名的標籤了事，請注意，這樣的過程用不上什麼思考；而我們可能的損失是，我們失去機會去觀看人類在不同時間不同地域環境下艱辛且繁複的適應和演化，我們也失去機會去察知隱藏在如此演變過程中的某些真相和本質。

同理可證：

前者是：溫蒂是妓女。她被殺。OK，沒事了。

後者是：溫蒂到底是不是妓女？我們陷入麻煩，但同時我們的思維也正式發動起來——

職業與志業

好吧，那溫蒂到底算不算職業妓女呢？

一定要我回答的話，我的想法是：通常，我們需要有工作以餬口養家，這工作往往並不頂愉快、並非我們真正想望，也並不符合我們的真正信念和價值，這樣的工作我們稱之為職業；少數較幸運的狀態是，這份養家活口的工作，也恰恰好和我們的所學和心志相合，和我們的信念和價值實踐之路相合，我們則把如斯美好幸福（但也不一定愉悅，因為可能失敗，而且往往更辛苦）的工作稱之為志業（calling）。

如果這樣的職業／志業之分大體沒錯，那我們也許可以說，妓女，對溫蒂而言，不僅僅是一種職業，更是一種志業吧。遺憾的只是，這樣短暫的美好幸福，最終卻是一齣悲劇。

父之罪

Lawrence Block

The Sins of the Fathers

—

他塊頭不小，大約我的高度，但他粗重的骨架比我多了些肉。他彎彎的眉毛頗顯眼，還是黑的。他頭頂的毛髮是鐵灰色，直直往後梳，為他的巨顱帶出凜凜雄獅的味道。他原本戴著眼鏡，但此時已擱在我倆中間的橡木桌上。他深棕色的眼睛不斷梭巡我的臉孔，想找祕密訊息。就算他找到了，他的眼睛可沒透露。他的五官鐫刻得有稜有角——上鷹嘴鼻，豐潤的嘴，下巴的線條宛如危巖峭壁——但他臉孔引人側目，主要是因為它活似一塊空白石板，只等著別人刻下誡令。

他說：「我對你了解不多，史卡德。」

我對他所知甚少。他的名字叫凱爾．漢尼福，約莫五十五歲。他住在紐約州北部的悠堤卡，是批發藥商，擁有幾處房產。他有輛去年出廠的凱迪拉克停在外頭的路沿。他有個太太在卡來爾飯店的房間等他。

他有個女兒在市立太平間的一方冷鋼屜裡頭。

「也沒什麼好知道的，」我說，「我以前幹過警察。」

「表現優異，據柯勒副隊長說。」

我聳聳肩。

「而你現在是私家偵探。」

「不是。」

「我以為——」

「私家偵探領有執照。他們竊聽電話，跟蹤別人。他們填表格，他們存檔案，諸如此類的事。那些我全不幹。我只是偶爾幫人忙，然後他們給我禮物。」

「原來如此。」

我啜口咖啡。我喝的咖啡攙有波本。漢尼福面前擺的是杜華牌蘇格蘭威士忌和清水，但他興趣不大。我們坐在阿姆斯壯酒吧，牆壁嵌有暗木，配上錫紋天花板。此刻是一月的第二個禮拜二，下午兩點，這地方等於是我倆的天下。羅斯福醫院的幾個護士坐在吧台遠遠那端，護著酒杯細細品嚐；一個冒出幾根鬍毛的孩子在靠窗的桌子吃漢堡。

他說：「實在很難跟你解釋，我想請你幫什麼忙。」

「我不確定我真能幫上什麼忙。我從報上得來的印象是：這案子不查自破，等於是看影片播放謀殺經過。」他的臉刷暗下來；他正在看那影片，刀子揮起落下。我趕緊開口道：「他們逮到他，把他扣押起來，然後踢進『死牢』。那天是禮拜四？」他點點頭。「然後禮拜六早上他們發現他吊死在牢房裡。結案。」

「你是這麼想嗎？案子已經結束？」

「從執法人員的觀點來看。」

「我不是這意思。警方當然必須從那個角度看。他們擒服凶手，而他已經不能接受法律制裁。」他上身前傾。「但有些事情我必須知道。」

「譬如？」

「我想知道她為什麼遇害。過去三年我跟溫蒂形同陌路。老天，我甚至連她是不是住紐約都不確定。」他的眼睛避開我的視線。「他們說她沒有工作，沒有明確的經濟來源。我看過她住的大樓。我想上樓進她公寓，可是我辦不到。她的房租每月將近四百塊錢，你說她錢從哪裡來？」

「有個男人幫她付。」

「她跟范得堡同住。殺她的男孩。他幫一個古董進口商做事，週薪大約一百二十五。如果有男人養她，他應該不會讓她找范得堡當室友，對不對？」他吸口氣。「我看她擺明了是妓女。警察沒有跟我明說，他們很小心。報紙可就不管了。」

這是他們的一貫作風，再說這案子又是報紙最愛炒作的那種題材。女孩漂亮，凶案發生在格林威治村，而且性意味濃厚。而且他們又逮到理查．范得堡渾身是血跑到街上。紐約稍微值幾個屁的老編，都不可能放過這個機會大顯身手。

他說：「史卡德，你知道為什麼這案子對我來說還沒結嗎？」

「大概吧。」我命令自己深深看入他幽暗的眼睛。「凶案為你打開了一扇門，你想知道房裡藏了什麼。」

「你的確了解。」

的確，何其不幸。我不想要這工作。我盡可能不接案子。我目前沒有必要工作，我不需要賺錢。我的房租便宜，我的日用花費很低。再說，我沒有理由討厭此人。我一向比較愛跟討厭的人收錢。

「柯勒副隊長搞不懂我要什麼。我敢說他給我你的名字，只是想禮貌的打發我走。」也不盡然，但我沒吭聲。「我非知道不可。這一切究竟是怎麼回事？溫蒂到底變成了什麼人？而又為什麼有人會想殺她？」

為什麼有人會想殺人？紐約一天就有四、五起殺人案。去年夏天某個禮拜，數字更是高達五十三起。殺朋友，殺親人，殺戀人。長島有個男人亂刀砍死他兩歲的女兒，他幾個較大的孩子就那麼眼睜睜看他表演特技。人為什麼會變成野獸？

該隱弒兄後向上帝辯駁說，他不是亞伯的守護者。人只有這兩個選擇嗎，守護或者宰殺？

「你願意替我工作嗎，史卡德？」他勉強擠出一絲笑容。「不，我該改個口。你願意幫我忙嗎？天大的忙。」

「我懷疑。」

「你的意思是？」

「那扇開了的門。房裡也許有些東西你不想看。」

「我曉得。」

「所以你才非看不可。」

「對。」

我喝完咖啡，我放下杯子，深吸一口氣。「好吧，」我說，「我姑且試試。」

他陷坐回他的椅子，掏了包菸出來點上一根。這是他進門後的頭一根。有些人緊張時得抽菸，有些人剛好相反。他現在比較自在，看來好像自覺完成了什麼使命。

8

我眼前添了杯咖啡，記事本添了幾頁筆記。漢尼福還在跟同一杯酒奮戰。他跟我講了許多我根本無須知道的事——關於他女兒。不過話說回來，他說的任何事以後都有可能派上用場，只是難以預知是哪件事。我早就學到，不能漏聽別人想講的每一句話。

所以我得知溫蒂是獨生女，高中成績優異，人緣不錯但不常約會。我的腦中開始浮現她的圖像，雖然輪廓不清，但終究會與格林威治村又一名慘死的妓女合而為一。她離家到印第安納念大學以後，圖像模糊起來。他們顯然就是那時開始失去她的。她主修英文，輔修政治。畢業典禮前兩個月，她提了行李悄悄離開。

「學校通知了我們。我非常擔心，她的行為實在反常，我不知道如何是好。然後我們收到一張明信片。她在紐約，有個工作，說是有些事情她必須理清頭緒。之後幾個月我們又收到邁阿密寄來的明信片。我不知道她是搬到那裡，或者只是去度假。」

然後就音訊杳然——直到電話鈴響，他們得知她的死訊。她高中畢業是十七歲，大學退學二十一，理查．范得堡割死她時二十四。她的生命到此劃下休止符，不會再長半歲。

他開始告訴我柯勒日後會提供更詳盡資料的事情。名字、地址、日期、時間。我讓他講下去。有個什麼叫我困惑不安，我擱在腦裡讓它慢慢成形。

他說：「殺她的男孩。理查．范得堡。他比她小，才二十歲。」他想到什麼，蹙起眉心。「當初我一聽出了事，知道是他下的毒手，我恨不得殺了他。我要親手叫他死。」他緊握雙拳，然後緩緩鬆開。「但他自殺以後——不曉得，我裡頭有了改變，我意識到他也是受害者。他父親是牧師。」

「嗯，我曉得。」

「在布魯克林一間教堂。我有個衝動想找那人談談——雖然我也搞不清自己到底打算跟他說些什麼。不過才考慮一下，我就知道我永遠不可能找他。只是——」

「你想了解那男孩，為的是要了解你女兒。」

他點點頭。

我說：「你知道嫌犯組合像吧，漢尼福先生？或許你在新聞報導上看過。通常警方找到目擊證人後，他們會用一組透明重疊膠片組合出嫌犯的長相。『鼻子是這樣嗎？耳朵呢？哪對耳朵最像？』如此這般，直到五官湊成一張臉孔。」

「噯，我見過。」

「那你或許也看過嫌犯本人的照片並排在組合像旁邊。它們其實不像——尤其對沒受過訓練的眼睛來說。但不可否認，五官分開來看是有部分雷同，而受過專業訓練的警官往往能充分加以利用。你懂我的意思？你想要你女兒和殺她那男孩的照片。這點我辦不到，沒人辦得到。我可以挖出足夠的事實，綜合多方問來的印象，為你拼湊出組合圖像，但結果可能跟你真正要的會有出入。」

「我了解。」

「你還是要我去查？」

「呃，當然。」

「我或許比那些響噹噹的大偵探社收費還高。他們為你工作，可以論日或者論時計酬，調查花費另計。我的方式是先收一筆款子，花費從中扣除。我不愛做記錄，不愛寫報告，也不會為了討好客戶定時跟他聯絡。」

「你要多少呢？」

我從來不知道該怎麼訂價。我的時間只有對我才有意義，它對別人能值多少我怎麼知道？如今我已經刻意調整我的生活方式，希望盡可能不要介入別人的生活。那我又該跟強迫我介入的人收多少才算合理？

「我得先拿兩千。我不知道這能用多久，也不知道你會不會突然決定不想再看那間暗房。這一路下去，或早或晚，甚至結束以後，我都有可能會再跟你收錢。當然，你也可以一個子兒也不給，主權在你。」

他突的一笑。「你做生意真是不按牌理出牌。」

「大概吧。」

「我從來沒聘過偵探，所以實在不知道一般手續是怎麼樣。開支票可以嗎？」

我告訴他我收支票，而他那頭在寫的時候，我想到早先困惑我的問題到底是什麼。我說：「溫蒂退學以後，你一直沒僱私家偵探？」

「沒有。」他抬起頭。「我們沒隔多久就收到第一張明信片。我考慮過僱人追查，當然。但後來知道她沒事後，我就決定作罷。」

「但你們還是不曉得她人在哪裡，或者她過得怎樣。」

「對。」他垂下眼皮。「這是我來找你的部分原因，當然。我現在後悔莫及，工作全部停擺。」他的眼睛和我的碰個正著，那裡頭有個什麼我想避開不看，但做不到。「我得知道我該負多少責任。」

他真以為他能找到答案？唉，他也許可以為自己找到一個，但那絕不會是正確答案。那種問題永遠沒有正確解答。

他把支票寫好，交給我。該填我名字的地方他空著沒填，他說我或許想直接提現。我說指名付給我本人即可，於是他又拔下筆套，在右邊線上寫下「馬修・史卡德」。我把支票摺起，放進皮夾。

我說：「漢尼福先生，你有件事情略過沒提。你不認為那很重要，但這很難講，而你也知道這很難講。」

「你怎麼曉得？」

「直覺吧，我想。我有多年經驗，觀察別人苦苦無法決定到底自己願意了解多少真相。你不需要跟我透露什麼，但——」

「唉，其實是不相干的事，史卡德。我沒提是因為我覺得和你的調查無關，但——唉，也罷。溫蒂不是我的親生女兒。」

「她是養女？」

「我收養了她。我太太是溫蒂的母親。溫蒂的父親在她出生前過世，他是海軍陸戰隊隊員，登陸韓國仁川的時候遇難喪生。」他移開視線。「三年後我娶了溫蒂的母親。打從開始我就待她和親生女兒一樣。等我發現我——不可能有自己的小孩以後，我對她更是加倍疼愛。就是這樣，說不說有關係嗎？」

「不知道，」我說，「也許沒關係。」但知道總是好的，現在我明白漢尼福為什麼自覺罪孽深重。

「史卡德？你還沒結婚吧？」

「離婚了。」

「有小孩嗎？」

我點點頭。他的嘴唇蠕動起來，欲言又止。我開始禱告上蒼快點讓他離開。

他說：「你當警察一定表現出眾。」

「還不賴。我有警察直覺，也學到動靜之間如何拿捏。這樣就已掌握了九成功夫。」

「你在警界待了多久？」

「十五年，將近十六。」

「如果做滿二十年，不是有退休金什麼的能領嗎？」

「沒錯。」

他沒問下去。奇怪的是，這比他問了還叫我難堪。

我說：「我失去信念。」

「跟牧師一樣？」

「差不多吧。不過也不完全一樣。因為警察失去信念還繼續幹的，大有人在。有些人打從進這行開始就只是想混。總之我辭掉，是因為我發現我已經不想再當警察。」或者當丈夫，或者當父親，或者當社會中堅分子。

「看盡局裡所有的貪污腐敗？」

「不，不。」腐敗從來沒有干擾到我。沒有腐敗我哪來足夠的錢養家。

「不，另有原因。」

「噢，我懂。」

「是嗎？也罷，反正也不是什麼祕密。有年夏天晚上我下了班，跑到華盛頓高地山莊一處酒吧，那裡警察喝酒免費。有兩個孩子在那兒行搶，出門前一槍打中酒保心臟。我追了他們上街，打死其中一個，另一個打到大腿。他這輩子別想再好好走路。」

「我懂了。」

「不，我想你不懂。那不是我第一次殺人。死掉了一個我很高興，而且我很遺憾另一個最後復原了。」

「那——」

「有一槍失誤，反彈出去，擊中一個七歲小女孩的眼睛。子彈反彈，力道削掉了一大半。再高一吋的話，也許只會劃過她前額。有可能留下個疤痕破相，但沒有大礙。可是射進眼裡，都是軟綿綿的東西，自然就搗進腦內。他們告訴我她是當場斃命。」我看著我兩手。抖得不厲害——肉眼難以察覺。我拿起杯子，一飲而盡。我說：「不可能定我的罪。事實上，我還得到局裡嘉獎。然後我遞上辭呈。我不想再當警察。」

8

他離開後，我多坐了幾分鐘。然後我迎上崔娜的視線，她為我端來另一杯攙酒的咖啡。「你的朋友沒啥酒量。」她說。

我同意她的說法。我的音調八成洩漏了我的心情，因為她二話不說就坐上漢尼福的椅子，輕按我的手背。

「有麻煩嗎，馬修？」

「也不算。有事待辦，但我寧可不辦。」

「你寧可坐在這兒，把自己灌醉。」

我齜牙一笑。「妳什麼時候看我醉過？」

「從來沒有。不過每次看到你，你都在喝酒。」

「喝而不醉，功夫到家。」

「這樣對你不太好吧？」

我希望她能再碰碰我的手。她的手指纖長，摸來非常舒涼。「天下有什麼事是對誰有好處的？」我說。

「咖啡跟酒。奇怪的組合。」

「是嗎？」

「酒叫你醉，咖啡叫你清醒。」

我搖搖頭。「咖啡從來沒法叫人清醒，它只能撐著你不睡。拿壺咖啡奉送酒鬼，兩個加到一塊只是個睜眼酒鬼。」

「這就是你的寫照嗎，寶貝？睜眼酒鬼？」

「我眼睛睜不開，但也沒醉倒，」我告訴她，「所以才得喝下去。」

∞

四點過後不久，我抵達我存錢的銀行。漢尼福給的錢我存了五百，剩下的全領出現金。這是我今年元旦後第一次來此，所以他們在我的存款簿上加計利息。有台機器一眨眼工夫就算出多少，但數字小得實在不該勞動機器浪費時間。

我在五十七街上，踅回第九大道，然後往上城走去，一路經過阿姆斯壯酒吧跟羅斯福醫院，抵達聖保羅教堂。彌撒已近尾聲。我等在外頭，只見幾十個人三三兩兩步出教堂。大多是中年婦女。然後我走進去，把四張五十元鈔票塞進濟貧箱裡。

我照《聖經》所說，把所得的十分之一奉獻給神。不知道為什麼。我已養成習慣，就像我上教堂也已成了習慣。我是搬進旅館「定居」之後不久，開始這樣。

我喜歡教堂。我喜歡坐在那裡頭思考。目前這家，我是坐在中間靠走道的位子。我想我在那裡大概待了二十分鐘，也許更久。

兩千塊錢從凱爾．漢尼福那兒轉到我手上，兩百塊錢從我這兒轉到聖保羅的濟貧箱裡。我不知道這錢他們會怎麼花。也許買食物和衣服分送貧家，也許買林肯轎車給牧師代步。我其實並不在乎他們怎麼花。

天主教堂從我身上拿到的錢比別人要多。不是我偏心，只是因為他們開門的時間較長。不是週末的話，基督教堂大部分都關了門不做生意。

天主教堂還有一個好處。可以點蠟燭。我一路出門時點了三根。一根給永遠活不到二十五的溫蒂・漢尼福，一根給永遠活不到二十一的理查・范得堡。還有，當然，一根給永遠活不到八歲的艾提塔・里維拉。

2

第六分局位在西區十街。我到那兒時，艾迪．柯勒正在他的辦公室審閱報告。他看到我並無訝色。他把文件推到一旁，朝他桌沿一張椅子頷個首。我一屁股坐下，伸手跟他握了握。兩張十塊鈔票和一張五塊從我手上滑入他手。

「我看你得添頂帽子。」我告訴他。

「此言不假。帽子再多，我永遠覺得少了一頂。你看漢尼福怎麼樣？」

「可憐哪，我只能說。」

「欸，也只能這麼說。事情發生太快，他只有愣著下巴傻在那裡。擊垮他的就是這個，你知道。時間因素。如果我們逮到凶手得花個十天半個月、一個月的，或者說開庭審訊，拖他個一年左右。那樣一來他就好過多了，他可以有機會跟著案情發展慢慢適應。但照現在這樣子，砰一下，事情接二連三趕著來，他連女兒死掉都不知道我們就已經拿住凶手，等他好不容易他媽的回過了神、搭機趕來，男孩已經吊死。漢尼福適應不來，因為他時間不夠。」他意味深長的看我一眼。「所以我想到該找個老相識，讓他趁機撈一筆。」

「是啊，何不？」

他從菸灰缸裡拿出一根熄火的雪茄重新點上。換根新的抽，他絕對負擔得起。第六分局炙手可熱，而他的職位又有不少油水可揩。他大可三言兩語打發走漢尼福，犯不著為了抽那二十五塊蠅頭小利把他引薦給我。積習的確難改。

「摸本便條紙，到現場附近散個步，找人問個話。花幾個小時就好收攤了。到時候跟他報上一個禮拜的工作量，狠狠揩他個一天一百塊，花費另計。全天下沒有比這更好的差事，我看你打著燈籠往哪兒找去。」

我說：「我想瞧瞧這案子的檔案。」

「何苦來哉？那上頭你啥也找不到的，馬修。案子還沒開審就已經結了。我們連那狗娘養的幹了什麼好事都不知道，就已經把他上了銬。」

「只是例行公事，意思意思。」

他的眼睛稍稍瞇了那麼一下。我們年齡差不多，但我比他要早進入警界，而他還在警校受訓時，我就已經做了退休打算。柯勒現在看來老很多，下巴鬆垮垮的，長期的辦公桌生涯坐得他臀部全是贅肉。他眼裡有個什麼我不喜歡。

「浪費時間，馬修。何必自找麻煩？」

「就當這是我的辦案方式好了。」

「檔案不對外人公開，這點你該清楚。」

我說：「讓我瞄瞄，就再給你添頂帽子。另外我也想跟逮住犯人的警官談談。」

「這個我可以幫你問問，安排碰面。不過答不答應還是在他。」

「當然。」

8

二十分鐘後，辦公室只剩我一人。我皮夾裡少了二十五塊，我面前的書桌多了個牛皮檔案夾。我這錢花得有點冤枉，紙夾沒多提供什麼新的資料。

巡警路易士．潘考，擒服罪犯的警官，這廂開始報告。我有一陣子沒讀這種東西，這份報告讓我重溫舊夢：從「例行的徒步巡邏任務，目標往西的方向行進」一直到「在此時刻，據報的肇事罪犯被移往男囚獄責行監禁。」他的警察術語有夠特別。

潘考的報告我讀了兩遍，記些筆記。報告如果用白話來說，其實還算是滿清楚的事實陳述。四點過十八分，他在銀行街往西走。他聽到一陣嘈雜聲，沒多久便碰到一些人告訴他說，貝頓街有個渾身是血的瘋子在那兒手舞足蹈。潘考立刻跑過街角到貝頓街，發現「據報的刑事犯人，其後查證出是貝頓街一九四號的理查．范得堡，他的衣衫不整，滿蓋看似血液之物，口裡高嚷猥褻之語，並對路人展露他的私處。」

潘考頭腦清醒的把他上銬，好不容易才問出他的住處。他領著嫌犯上了兩層樓梯，進入范得堡和溫蒂．漢尼福同住的公寓。他在那兒看到溫蒂．漢尼福，「顯然已經身亡，身無蔽體之物，戳刺致死，顯然是利器造成。」

潘考馬上電告警局，其後便是例行公事。驗屍人員看過後，證實潘考的判斷正確——溫蒂的確已死。攝影小組拍下照片：幾張血跡四濺的公寓照片，多張溫蒂屍身的特寫。

無從得知她生前的長相。她因失血過多死亡，這點馬克白夫人（譯註：莎劇《馬克白》中，馬克白夫人鼓動其夫弒君篡位）頗有體會；實在難以想像，人體在死亡過程流失的血液可以多到什麼地步。要是拿根冰鑽刺人心臟，襯衫前胸有可能連滴血也看不到。但范得堡割了她的乳房、大腿、肚子，以及喉嚨，整張床如同血海。

他們拍下屍體以後，移屍解剖檢驗。由驗屍官簡吉爾進行全程驗屍。他表示受害者是二十多歲的白種女性，最近有過性交，包括口交及性器接觸；遭利器割了二十三下，很可能是刮鬍刀，但沒有戳刺傷口（他判斷是刮鬍刀或許原因在此）；許多動脈、靜脈（名稱他全一一指出）在這非人道過程中，或遭全部，或遭局部割開；死亡時間大約是當天下午四點，誤差是二十分鐘；而且照他推斷，傷口不可能是自行造成。最後這點他的立場如此堅定，實在叫我佩服萬分。檔案夾其餘部分全是零星記載，日後都得由司法機器的其他部門發出正式報告加以補充說明。有條附註指出，犯人在被捕的第二天就給帶到法官面前，正式控以殺人罪名。另一條則註明法庭指派的律師名字。還有一條指出，理查・范得堡在禮拜六早上六點前不久，經人發現死於牢中。

檔案夾往後必定日益茁壯。這案子已經宣告偵破，但第六分局的檔案會像屍體上的頭髮和指甲一樣不斷生長。查監時發現理查・范得堡吊死在蒸汽管上的獄卒得交份報告。同樣得交報告的是宣布他死亡的醫官，以及斬釘截鐵判定他死因的那位。他是撕開床單綁結成繩後，繫住自己的脖子吊死的。最終法醫的檢驗報告會總結說：溫蒂．漢尼福遭理查．范得堡謀害，而理查．范得堡則畏罪自殺。第六分局，以及其他與此案有關的人員，已經下定這個結論。而這個結論的前半，他們早在范得堡入獄之前就已下定。

我回頭重閱某些資料。照片我一張張拿來細看。公寓本身不會顯得特別凌亂，這表示凶手是她的熟人。我回到驗屍報告。溫蒂的指甲縫沒有皮膚，沒有明顯的掙扎痕跡。臉部瘀青呢？是有。這樣看來，他在割她時她有可能已經昏迷。她可能是過了一段時間才死透。如果他先割喉嚨，而且把頸靜脈劃開，她應該可以走得快點。問題是她軀幹上的傷口失血太多。

我挑出一張照片，塞進襯衫。我不確定我目的何在，但我知道沒人在意。我認識布魯克林圓石丘一名內勤警員，他習慣會把他經手的每張恐怖照片印下典藏。我從沒問他原因。柯勒回來時，我已收拾好所有文件，擺回檔案夾裡。他換了根雪茄抽。我從他書桌後站起，他問我是否滿意。

「我還是想跟潘考談談。」

「都安排好啦。我知道你他媽的死腦筋，不可能改變主意。那堆垃圾裡頭你撈到啥個寶貝沒？」

「我怎麼曉得？連要找什麼都搞不清楚。聽說她拉客，有證據嗎？」

「沒鐵證。不過要找的話，準能找到。衣櫃裡都是名牌，手提包裡好幾百塊，看不出她靠啥過活。答案再明顯不過。」

「她為什麼跟范得堡同住？」

「那小子有根十二吋長的舌頭。」

「不開玩笑。他幫她拉皮條嗎？」

「可能。」

「他們倆都沒前科，對吧？」

「沒有，沒坐過牢。等他割了她以後，兩人才上官方記錄。」

我闔了一下眼睛。柯勒叫一聲我的名字，我抬起頭。我說：「只是個念頭閃過。你說過一切發生太快，漢尼福措手不及。除了你提的兩種情況以外，我還想到一層：如果殺她的人身分不明，你就得把她過去兩年的生活查個一清二楚，放到顯微鏡下看個仔細。問題是案子還沒開審就宣告落幕，調查她的過去不再是你的工作。」

「對啊。所以現在變成你的工作。」

「嗯。他拿什麼殺她的？」

「醫官說是刮鬍刀。」他聳聳肩，「也是猜的啦。」

「凶器下落呢？」

「是啊，我就知道你少不得要問這個。我們沒找著。不過你可抓不到我們小辮子。有個窗戶開著，搞不好是從那兒摺掉的。」

「窗戶外頭是什麼？」

「通風井。」

「你檢查過？」

「欸。任誰都有可能撿到，隨便哪個路過的小鬼。」

「檢查過通風井裡有沒有血跡？」

「你開啥個子玩笑？格林威治村的通風井？從窗戶尿尿的有之，丟衛生棉、垃圾什麼的也大有人在。十個通風井有九個可以找到血跡。你會去查嗎？凶手又已經畏罪自殺？」

「不會。」

「反正啊，忘了那個通風井吧。他手裡攥著把刀躥出公寓。或者是刮鬍刀，不管什麼鬼啦。他把凶器扔在樓梯。他衝上街以後把它扔到人行道上。他把它扔進垃圾箱裡。他把它丟進下水道。馬修，我們沒有人證看到他跑出大樓。必要的話，我們是可以找到一個，不過那狗娘養的在他幹掉女孩三十六個鐘頭以後死翹翹了。」

講來講去老回到這點。我現在做的是警察的份內工作——如果他們有必要做的話。但理查．范得堡省了他們的麻煩。

「反正我們不曉得他是啥時闖上街的，」柯勒說，「潘考逮到他前兩分鐘？十分鐘？這麼長的時間，他要嚼掉那把刀吞下肚裡都沒問題。」

「公寓裡頭有刮鬍刀嗎？」

「你是說沒折彎的刮鬍刀嗎？沒有。」

「我是說男用刮鬍刀。」

「欸，他有把電動的。你他媽的怎麼念念不忘那把刮鬍刀？你也知道天殺的那些驗屍報告是怎麼回事。我幾年前接個案子，驗屍處那兒一個混帳他奶奶的居然說凶器是把開山刀。我們可是在寓所逮到那狗雜種手裡掄把槌球棍的咧。你說說看，連人家腦袋瓜是開山刀劈碎的還是槌球棍搗爛的都搞不清楚，這種人還分得清小屄跟老二嗎？」

我點點頭。我說：「我在想他的動機何在。」

「因為那狗雜種他媽的頭殼壞了，就這麼簡單。他在街上來回亂跑，全身都是血，吼得震天響，還把雞雞抖給大家看。問他他為什麼幹，呸，他自個兒也搞不清楚。」

「什麼世界。」

「老天在上，別開這種話頭，小心我講個沒完。我們這一帶可是每下愈況。」他朝我點個頭，我們便一道踏出他的辦公室，穿過偵緝組出去。打字機前坐著身穿便服和制服的人，一個個孜孜矻矻的敲出篇篇故事——主角是假想的罪犯和據報的凶嫌。有個女人抽抽嗒嗒的用西班牙文在向一名警官報告。不知道她是犯人還是被害。

偵緝組的人我全不認識。

柯勒說：「巴尼．西格的事你聽說了吧？他們給他終身職。他現在是十七分局的局長。」

「嗯，他人不錯。」

「百裡挑一的人選。你退休多久了，馬修？」

「幾年吧，我想。」

「安妮塔跟兒子怎麼樣？都還好吧？」

「很好。」

「跟他們一直有聯絡囉？」

「偶爾。」

我們走近櫃檯時，他清清喉嚨，「有沒有想過再戴上警徽，馬修？」

「門都沒有，艾迪。」

「媽的實在太可惜了。」

「時候到了，自己清楚。」

「嗯。」他挺直腰桿，言歸正傳。「我跟潘考講妥了，他今晚大概九點會跟你碰頭。強尼・喬伊士酒吧。在第二大道，我忘了是跟哪條街交口。」

「我知道那地方。」

「他是常客，你只要找酒保指給你看就成了。今晚他休假，我跟他說了你不會虧待他。」而且他也講過，有一部分油水得回頭孝敬副隊長。不用說。

「馬修？」我扭回頭。「媽的你到底打算問他什麼？」

「我想知道范得堡罵了什麼髒話。」

「當真？」我點點頭。「我看你跟范得堡一樣，頭殼壞了，」他告訴我。「給頂帽子錢，全世界的髒話都可以讓你聽個夠。」

3

貝頓街從哈德遜大道往西延伸向河，街道狹窄，都是住家。有些樹是新種的，樹基圍上矮柵欄，上頭掛著牌子懇求狗主壓住他們寵物的天性。「我們愛我們的樹／拜託控制你們的狗」。一九四號是棟整修過的褐石建築，前門顏色宛如人造草皮。共有五間公寓，一層一間。前廳裡的第六個門鈴上標著「管理員」三個字。我按鈴靜候。

應門的女人年約三十五。她穿件男仕白衫，敞開領口兩個鈕釦，褪色的牛仔褲斑斑點點。她體態仿若消防栓，一頭短髮好像是掄把鈍掉的大剪隨意喀擦幾下的結果。不過看來不壞。她站在門口，仰頭看我，五秒鐘之內就判定了我是警察。我報上名字，得知她叫伊麗莎白・安東尼利。我告訴她我想跟她談談。

「談什麼？」

「妳三樓的房客。」

「呸，我以為已經完事了呢。我還在巴巴等著你們開鎖，清出他們的東西呢。房東要我帶人參觀公寓，可我連進都進不去。」

「還上著掛鎖？」

「你們這些人都不溝通的啊？」

「我不是局裡派來的，這是私人調查。」

她的眼睛千變萬化。她對我稍有好感，因為我不是警察，不過現在她得知道我目的何在。而且如果我不是公家派的，那就表示她沒有義務在我身上浪費時間。

她說：「聽著，我很忙。我搞藝術，有很多工作要做。」

「回答我幾個問題，我保證妳比打發我走來得省時。」

她想了想，猛地轉身走進大樓。「外頭凍死了，」她說，「跟我下樓，咱們可以談，不過可別霸住我太多時間。」

我跟她走下一段樓梯，到了地下室。她有個大房間，廚具置於一角，西牆擺張行軍床。仰看全是暴露在外的水管和電線。她的藝術是雕塑，現場有幾件作品作證，但她正在進行的那件我沒法看到——有塊濕布蓋住。其他幾件都是抽象作，形體龐大、呆鈍，仿如海怪。

「我沒法跟你說多少，」她說，「我當管理員是因為可以免繳房租。我手巧，不拘什麼東西壞了，我大概都能修好，而且我夠兇，敢跟拖欠房租的人大聲嚷嚷。大部分時間我都不理人，大樓有什麼事我很少注意。」

「妳認識范得堡跟漢尼福小姐？」

「打過照面而已。」

「他們什麼時候搬來的？」

「我搬來以前，她就在這兒了。我是今年四月滿兩年。他大概是一年多一點以前搬來跟她同住，我想。沒記錯的話，我想是聖誕節前沒多久。」

「他們不是一道搬來的？」

「不是。在這之前，她有過別的室友。」

「男的？」

「女的。」

她沒留記錄，不知道溫蒂的前任室友叫什麼名字。她給了我房東的名字和地址。我問她記不記得溫蒂什麼事情。

「少之又少。我只注意找麻煩的人。她從來沒開舞會放音樂什麼的吵到人家。我去過她公寓幾次，她臥室暖氣機的活塞裂了，暖氣漏得太多，他們沒法調節溫度。我換個新活塞上去。才兩個月前的事。」

「他們公寓保持得很乾淨？」

「乾淨極了，非常賞心悅目。他們把窗緣和門緣都上了漆，家具擺設也很別緻。」她沉吟一下，「我想也許是他帶來改變。他搬來前我就在這兒了，我記得以前沒那麼好。他滿有點藝術氣息。」

「妳以前就知道她是妓女？」

「我現在還不知道呢，報紙上我讀了太多謊話。」

「妳不認為她是？」

「我正反意見都沒有。沒聽房客抱怨過；不過話說回來，她在那上頭就算一天接了十個客人，我這兒也啥都聽不到。」

「她有過訪客嗎？」

「我才跟你講過，有的話我也不知道。上樓不需要通過我這關。」

我問她大樓還住些什麼人。總共有五間整層公寓，每層房客的名字她都給了我。如果他們願意的話，我當然可以找他們談，她說。不過頂層那對夫婦可不行——他們在佛羅里達，要到三月中才會回來。

「你問夠沒？」她說，「我想回去工作了。」她彈彈指頭，一副等不及要捏泥土的樣子。

我告訴她，她幫了我很大的忙。

「我覺得好像沒跟你講什麼。」

「倒是有件事妳可以告訴我。」

「什麼事？」

「妳不認識他們，兩個都不認識，我也曉得妳對這大樓的人沒多大興趣。不過長時間經常看到的人，多多少少總會在心裡留下一點影子。妳對他們所知不多，但他倆總會給妳什麼感覺，什麼特殊印象。也許這個禮拜來發生的事，會模糊掉妳原來的焦距，不過我還是想知道妳以前對他們有什麼看法。」

「說出來對你又有什麼好處？」
「這樣我就可以知道，他們在別人眼裡是什麼樣子。何況妳是藝術家，觀察想必非常敏銳。」
她啃起指頭。「嗯，我懂你的意思。」她頓一下後說：「不過實在不知道從何說起。」
「他殺了她，妳很驚訝。」
「每個人都很驚訝。」
「因為跟妳原來對他們的看法出入太大。妳本來是怎麼看他們的？」
「只是房客，只是很普通的——等等。好吧，你是攪到了我的腦細胞。以前我從沒想過要把這個感覺用語言表達出來。不過你知道我是怎麼想他們的？我覺得他們像姐弟一樣。」
「姐弟？」
「對。」
「為什麼？」
她閉上眼睛，攢起眉心，「沒法說得很清楚，」她說，「也許是他們在一起的樣子。不是他們做的事情，只是他們散發的能量，他們走在一起時給人的印象，他們互動的關係。」
我等著。
「還有件事。我倒也沒常去想，我是說沒人問的話我是不會提，不過我好像理所當然就認定他是同性戀。」
「為什麼？」

她本來一直坐著，這會兒卻站起來，走向她的一個創作——鐵灰色的多角凸面體，比她本人還高還寬。她背對著我，粗短的指頭順著一個曲面畫過去。

「體型吧，我想，舉手投足的樣子。他高䠷纖瘦，講話的方式特別。其實我這種人實在不該講這種話。我的身材、我的短髮，我喜歡用手，電器和機械又是我的拿手。一般人很容易認定我是女同性戀。」她轉過身，眼睛有挑釁意味。「我不是。」她說。

「溫蒂・漢尼福是不是？」

「我怎麼知道？」

「妳覺得范得堡可能是同性戀，對她，妳是不是也有過同樣猜測？」

「噢。我還以為——不，她不像。我只要看女人對我的態度，就可以猜個八九不離十。我覺得她是個異性戀。」

「而妳卻認定他不是。」

「對。」她仰頭看我。「知道嗎？我到現在還很肯定。」

4

我到格林威治大道一家義大利店吃點晚餐，然後上兩家酒吧混混後，才攔輛計程車到強尼・喬伊士酒吧。我告訴酒保我要找路易士・潘考，他指指後頭一方雅座。

我其實不用人幫也能找到他。他高高瘦瘦四肢細長，髮色淡黃，鬍子剛刮，一臉毫無心機的樣子。我走近時，他站起來。他身穿便服，廉價的灰色格子呢西裝配上淡藍色襯衫和條紋領帶。我說我是史卡德，他說他是潘考，然後伸出手來，我便握了一握。我坐在他對面，服務生過來時點了雙份波本。潘考面前還有半杯沒喝完的啤酒。

他說：「副隊長說你想見我，是要問我漢尼福謀殺案的事吧？」

我點點頭說：「幹得好。」

「全憑運氣，誤打誤撞上的。」

「幫你添了筆光榮紀錄。」

他臉紅了。

「搞不好可以拿個嘉獎。」

臉更紅了。我在想他到底幾歲，外表看來，呃，就算二十二吧。我想到他的報告，我看他一、兩年內應該可以升任三級警探。

我說：「我看過你的報告。細節不少，不過有些事情還是需要你補充一下。你跑到出事地點時，范得堡站的地方離發生凶案的那棟建築有兩個門面。他當時到底在幹什麼？手舞足蹈，還是在跑？」

「應該說是站在原地不動，不過身體動作很大。就像精力過剩需要發洩，就像喝了太多咖啡兩手會抖個不停。不過他是全身都在抖。」

「你說他的衣衫不整，怎麼個不整法？」

「他的襯衫扯出褲子。皮帶是繫好了，不過長褲沒扣，沒拉拉鍊，那話兒露出來了。」

「他的陰莖？」

「對，他的陰莖。」

「你看他是故意的嗎？」

「呃，那玩意都露出來了，他自己應該曉得。」

「不過他沒有自慰，或是猛扭屁股，或是做什麼不雅動作之類的？」

「沒有。」

「他有沒有勃起？」

「我沒注意。」

「你看到他的老二，可是沒注意有沒有勃起？」

他臉又紅了。「他沒有。」
服務生拿來我的飲料。我舉起杯子，朝裡頭看看。我說：「你在報告裡說，他當時說了髒話。」
「是用吼的。我還沒繞過轉角就聽到他的聲音。」
「他說的是——」
「你知道的。」
他很容易發窘，這小嫩鳥。我忍著沒發他脾氣。「他用的字。」我說。
「我不想重複。」
「勉強一下。」
他問這重要嗎，我說也許。他傾身向前，聲音壓低。「幹娘的。」他說。
「他就那麼一直嚷著幹娘的？」
「也不完全是。」
「你就照著講。」
「呃，好吧。他說的是，他不斷的喊：『我是幹娘的，我是幹娘的，我幹了我娘。』這話他嚷了又嚷。」
「他說他是幹娘的，還說他幹了他娘。」
「對，他就是這麼說。」
「你當時怎麼想？」

「我覺得他瘋了。」
「你有沒有想到他殺了人？」
「噢，沒有。我馬上想到他是受了傷。他全身是血。」
「他的手？」
「全身。他的手，他的襯衫、長褲，他的臉，他渾身上下都是血。我本以為他給人砍了，但仔細看看他其實沒事，血不是他的。」
「你怎麼看得出來？」
「我就是曉得。他沒事，不是他的血，那應該就是別人的。」他擎起杯子，一飲而盡。我揮手招來侍者，為潘考再點一杯啤酒，我則點杯咖啡。侍者拿來飲料之前，我們就坐在那兒一言不發。潘考過去幾天拚命想排出腦外的事情，現在又統統給逼回來了。他面容慘澹。
我說：「所以你就猜到公寓裡有具屍體。」
「我知道會有，嗯。」
「你當時以為會是誰呢？」
「我以為會是他媽媽。他一直嚷嚷，幹娘的，我幹了我娘，我以為他發了失心瘋還怎麼的，把他媽媽殺了。我連走進去了都還以為那真是他媽，你知道，因為起先根本看不出她年齡什麼的，就是那麼個血淋淋的女人光著身子，床單、毛毯全浸在血裡，暗紅——」
他的臉白裡泛綠。我說：「放輕鬆點，路易士。」

「我沒事。」

「我知道你沒事。把頭擱在兩膝中間，來，坐開桌子側過來，頭低下。你沒事的。」

「我知道。」

我以為他會昏倒，結果他還是穩住了。他的頭保持一、兩分鐘沒抬，然後直起身來。他的臉現在有點血色。他做了幾次深呼吸，咕嚕嚕狠狠灌下幾口酒。

他說：「老天。」

「你現在好了。」

「嗯，對。她在那裡，我只看一眼就忍不住想吐。我不是沒看過死人。我老爸，他心臟病發死在床上，頭一個走進他房裡看到的就是我。而且當了警察以後——你知道。可我從來沒看過那種慘狀，我非吐不可，可我又跟那混帳銬在一塊，他的老二還甩在外頭晃著。我把那狗雜種死命拖到角落，然後開始大吐特吐，就那樣，在房裡一個角落，然後你知道怎麼樣嗎？我突然咯咯笑起來。我沒法控制，我站在那兒像個白癡一樣，咯咯笑個不停，哪想到跟我銬在一塊的傢伙，竟然停了他滿嘴胡言亂語問我說：『什麼那麼好笑？』你信嗎？就像他要我跟他解釋這個笑話，好讓他也開開心。『什麼那麼好笑？』」

我把我剩下的波本全部倒進咖啡，拿湯匙攪一攪。我開始知道理查．范得堡的一些片片段段。目前這些片段根本湊不到一塊，但它們最終很可能會拼出一幅完整的圖像。不過它們也有可能永遠帶不出任何具體結果。有時候全貌還遠不如局部分開看來得清楚。

我又花了二十分鐘左右和潘考奮戰，來來回回重溫我們走過的路，但沒有斬獲。他談了些他對謀殺現場的反應，他想嘔、歇斯底里。他不知道這種事情得過多久才能適應。我想到我從檔案抽走的照片，看那照片我沒什麼感覺，但如果我跟潘考一樣進過那間臥房，我可能也好不到哪去。

「你慢慢會習慣一些事情，」我告訴他，「不過偶爾還是會冒出新的狀況，叫你恨不得一頭撞死。」

等我看看實在挖不出旁的東西，我把一張五塊擺在桌上付帳，另外塞了二十五塊給他。他不肯收。

「收下吧，」我說，「你幫了我忙。」

「呃，沒錯，我只是想幫忙而已。拿錢我覺得好怪。」

「你這樣就太不上道了。」

「嗄？」藍眼珠瞪得老大。

「不上道。這不算貪污，這錢乾淨得很。你幫人一個忙，拿點酬勞。」我把鈔票推過桌子給他。「聽好了，」我說，「你才立下一個小功，寫了篇精采的報告，處理得當，沒多久就要輪你坐巡邏車了，不必再徒步巡查。不過如果壞名聲傳出去的話，可沒人敢跟你搭檔。」

「我不懂。」

「仔細想想。如果人家塞錢給你你不收的話，多少人會給嚇到。你不用當壞人，有些錢你可以拒收，而且你也用不著四處跟人伸手要錢。不過行有行規，你總得遵守遊戲規則。錢就拿了吧。」

「老天。」

「柯勒難道沒告訴你會有油水？」

「當然講了。不過我跟你談為的不是這個。嗯，我每回輪完班都會過來喝兩杯。我跟我女友常約了十點半在這兒碰面，我才不是——」

「柯勒幫你賺了二十五，會要分個五塊紅利，你想自己掏腰包給他？」

「老天。要我怎麼樣？闖到他辦公室給他五塊錢？」

「這就對了。你可以編個什麼理由，像說：『還你借我的五塊』類似的話啦。」

「我看我要學的還很多。」他說。他對這個前景似乎不太樂觀。

「其實也沒什麼好擔心的，」我說，「你是有很多得學，不過他們會讓你輕鬆過關。制度本身會帶著你一步步往前走。這個制度就是好在這裡。」

∞

他堅持要用我剛散的財請我一杯。我坐在那兒靜靜聽他告訴我，當警察對他有何意義。我不怎麼專心，只偶爾在恰當時機點個頭應應。他的話我聽不下。

我走出那裡，沿著五十七街穿城回到我的旅館。《紐約時報》才剛擺上第八大道的書報攤，我買一份帶回去看。

櫃檯沒有我的口信。我上樓回房，脫下鞋子，拿了報紙攤在床上。凶案的報導跟路易士・潘考的談話一樣，乏善可陳。

我打算更衣就寢。脫下襯衫時，溫蒂・漢尼福的屍照掉到地板。我撿起來盯著它看，假想自己是路易士・潘考，手腕銬上凶手闖進那個場景，踱著他穿過房間吐在角落，然後歇斯底里的咯咯狂笑——直到理查・范得堡神智清明的問我高興什麼。

「什麼那麼好笑？」

我沖個澡，把衣服穿上。先前一直間歇下著雪，現在開始積雪。我繞過轉角走到阿姆斯壯酒吧，找張吧台的高腳凳坐下。

他跟她像姐弟一樣住在一起。他殺了她，然後嘶吼他幹了他媽。他衝到街上，全身沾滿她的血。

我知道的事實太少，而且沒有交集。

我喝了幾杯酒，避過幾個談話。我四下環顧尋找崔娜，但她輪完班後走了。我靜聽酒保告訴我，今年尼克隊何以出了狀況。我不記得他說的話，只記得他口沫橫飛，一臉激情。

5

高登・卡利許的牆上有座老式的鐘擺掛鐘，是以前火車站掛的那種。他不斷瞟眼看它，跟他的腕錶對時。起先我以為他是想暗示我什麼，其後我才悟到這只是他的習慣。早年一定有人告誡過他，他的時間寶貴。他從沒忘記這句話，但又沒法勉強自己完全接受。

他是保多房產經紀公司的合夥人之一。我十點過後幾分抵達他們公司設在佛拉提大樓的辦公室。我等了大約二十分鐘，卡利許才撥了個空給我。現在他桌上已經堆滿文件和帳簿。他疊聲道歉，說他實在幫不了什麼忙。

「我們把公寓直接租給漢尼福小姐，」他說，「她很可能打一開始就有室友。就算有，我們也不知道。她是我們留檔的房客，可以自由找人同住，不論男女。我們不用知道，也無所謂。」

「安東尼利小姐搬進去當管理員時，溫蒂有個女室友。我想找她。」

「我無從得知她的身分，或者她搬進、搬出的時間。只要漢尼福小姐每月一號按時繳交房租，只要她沒干擾到別人，我們沒有理由過問她的事情。」他搔搔頭，「如果真住過那個女人，結果又搬走了的話，郵局不是會留下她的轉寄地址嗎？」

「我總得知道她名字，才能問到地址。」

「噢，當然。」他的眼睛瞟回鐘上，然後回到他錶上，然後又回到我身上。「我父親剛踏進這行的時候，一切都跟現在很不一樣。他做生意講究人情。他原本是鉛管工人，存了錢買房產，買下一棟棟樓房。所有修理工作都自己來，一棟樓賺得的利潤又全數拿來買別棟。而且他跟房客都熟。他親自上門收房租，每個月一號，有些大樓是一個禮拜一次。有些房客如果趕上青黃不接，他會寬容幾個月不收。有些人才遲五天，就會給他攆上街的。他說幹這行得要懂得看人。」

「了不起。」

「可不是嗎？他現在已經退休了，當然。在佛羅里達住了五、六年。果樹自己種自己摘，而且每年還繳會費給鉛管工會。」他兩手交握，「現在這行可大不一樣了。我們已經賣掉他當初買的大部分大樓。產權現在是頭痛問題，幫別人管理房產要輕鬆多了。漢尼福小姐住的大樓，貝頓街一九四號，屋主是芝加哥郊區一個家庭主婦，那是她叔叔留給她的遺產。她連看都沒看過，只是每年由我們寄四次支票給她。」

我說：「漢尼福小姐是模範房客吧？」

「她從沒做過什麼叫我們傷腦筋的事。報紙說她是妓女，有可能，我想。其他房客都沒抱怨過就是了。」

「你沒見過她？」

「沒有。」

「她房租一定按時繳？」

「偶爾晚一個禮拜，跟大家一樣。不會再晚。」

「她付支票？」

「對。」

「租約她是什麼時候簽的？」

「我租約搞哪兒去了？噢，在這兒。我瞧瞧，嗯，一九七〇年，十月二十三。標準的兩年租約，自動續租。」

「月租四百？」

「現在是三百八十五，當初又更便宜，之後漲了幾次都很合理。她簽約時是三百四十二塊五。」

「你不會租給沒有明顯經濟來源的人吧？」

「當然不會。」

「那她一定說了她是上班族，她應該有推薦信擺你們這兒。」

「早該想到這個。」他說。他翻翻找找，終於捧出她填的申請表。我看看表格，她自稱是工業系統設計師，年薪一萬七，雇主是考特瑞公司。上頭寫了電話號碼，我把它抄下來。

我問他推薦信有沒有查對過。

「應該有，」卡利許說，「不過也只是形式而已，要捏造其實很簡單，她只需要接電話的人證實她的說法就好了。我們依慣例會打去查問，不過有時候我真懷疑到底有沒有必要。」

「所以當初你們的確有人打過這個號碼，對方也有人接，而且還幫她撒謊。」

「顯然如此。」

我謝謝他抽空見我。我在樓下大廳的公共電話投下一毛硬幣，撥了溫蒂留下的號碼。有個錄音的聲音告訴我，我撥的是空號。

我把一毛再投回去，打到卡來爾旅館。我要櫃檯轉接凱爾．漢尼福的房間。鈴響到第二下時，有個女人接了電話，我報上名字，告訴她我要找漢尼福先生。他問我有沒有進展。

「不知道，」我說，「溫蒂寄的明信片你們還留著嗎？」

「可能還在。很重要嗎？」

「可以幫我把時間先後次序弄清楚。她的租約是三年前的十月簽的。你說過她是春天退的學。」

「我記得是三月。」

「第一張明信片是什麼時候收到的？」

「退學後兩、三個月之內，我記得。我問問我太太。」他一會兒之後回來，「我太太說第一張卡片是六月到的，但我記得是五月底。第二張，佛羅里達那張，是隔幾個月以後收到的。抱歉我沒辦法講得更明確。我太太說她大概還記得是把卡片收在哪兒。我們明天早上回悠堤卡。我猜你是想知道，溫蒂租那公寓，是在她去佛羅里達之前還是之後。」

猜得八九不離十，所以我答了聲是。我告訴他一、兩天內我會再打給他。我已經有了他悠堤卡的辦公室號碼，但他又把家裡電話告訴我。「但請你盡量打到公司。」他說。

∞

柏蓋許古董進口公司位在介於十一和十二街之間的大學廣場。我站在一條走道上，周遭環繞的是西歐殘剩的古董。我眼睛定在一座鐘上——和高登・卡利許牆上那個一模一樣。標價是兩百二十五。

「你對鐘有興趣嗎？那可是口好鐘。」

「這鐘準嗎？」

「噢，這些鐘擺掛鐘永遠壞不了，而且準極了。你只要調一調重量，就可以控制它們的快慢。你看的這個，鐘框還保存得像新的一樣。這不是稀品，當然，不過要找個狀況跟這一樣好的恐怕很難。如果你真有興趣，價錢我們還可以商量。」

我扭頭仔細打量他。他約莫二十七、八歲，乾乾淨淨一個年輕人，穿件法蘭絨長褲，粉藍色高領毛衣。看來非常昂貴的髮型，鬢角和他的耳垂對齊。兩撇八字鬍修剪得一絲不苟。

我說：「其實我對鐘沒有興趣。我是想找人談談以前在這兒工作的一個男孩。」

「噢，你說的一定是小理！你是警察吧？真叫人不敢相信，不是嗎？」

「你跟他很熟嗎？」

「陌生得很。我感恩節前不久才開始到這兒上班。我以前在這條街下去不遠的拍賣藝廊工作，不過那裡實在吵得我受不了。」

「小理在這兒做了多久？」

「我不清楚。柏蓋許先生可以告訴你，他就在後頭辦公室裡。發生那件事以後，可真把這兒搞得雞飛狗跳。我到現在還是沒法相信。」

「案發當天，你在這兒工作嗎？」

他點點頭。「我那天早上看到他。禮拜四早上。然後我整個下午都在送貨，一卡車醜斃了的法國鄉間家具，運到西歐樹一棟醜死的雙併別墅。在長島。」

「我知道。」

「呵，我可不知道。這些年來我可真好命，不曉得天下還有這麼個叫西歐樹的鬼地方。」他想起我們原來嚴肅的話題，神色又凝重起來。「我五點左右回到這裡，剛好趕上幫忙收攤打烊。小理早就提前走了。當時事情都已經發生了，對吧？」

「謀殺時間大概是四點左右。」

「我那時候正在長島高速公路上跟交通奮戰。」他戲劇化的打個哆嗦，「我到當晚十一點收看新聞的時候，才知道這個消息。我實在沒法相信凶手就是我們的理查·范得堡，但他們提到公司的名字而且——」他歎口氣，兩手垂下。「天下事真的很難講。」

「他是什麼樣的人？」

「我根本沒時間跟他混熟。他一臉和氣，彬彬有禮，非常殷勤。他對古董懂得不多，但是滿有感覺的——如果你懂我意思的話。」

「你知不知道他跟一個女孩同住？」

「這我哪會曉得？」

「他也許提過。」

「他沒提。問這幹嘛？」

「他跟女人同住，你覺不覺得奇怪？」

「這問題我沒想過，也沒什麼好感覺的。」

「他是同性戀嗎？」

「我哪知道？」

我逼上前去，他縮縮身子，但腳沒移動。我說：「省省你這套吧。」

「嗄？」

「理查是不是同性戀？」

「我對他可沒半點興趣，而且也沒看過他跟別的男人一道。沒見他勾搭過什麼人。」

「你想過他是同性戀嗎？」

「呃，我一直都這樣想啊。看老天的份上，他一副標準的同性戀長相，只差沒寫臉上。」

我在辦公室找到柏蓋許。他身材矮小，滿額皺紋幾乎波及頭頂。下巴才刮沒兩天，八字鬍蓬亂一團。他告訴我，找他的警察和記者實在多得煩不勝煩，他還有生意要做。我告訴他我不會花他太多時間。

「我有幾個問題，」我說，「我們再回到禮拜四，案發當天。那天小理表現跟平常不太一樣是吧？」

「我不覺得啊。」

「他沒有坐立不安什麼的？」

「沒有。」

「他提早回家。」

「沒錯。他吃完午飯回來以後，說人不舒服。他在轉角那家印度餐館吃了咖哩，肚子覺得怪怪的。我常提醒他味道不要吃太重，普通的美國食物吃了最安全。他的消化系統特別敏感，可又老愛嘗些跟他體質不合的外國菜。」

「他什麼時候離開這兒的？」

「我沒留意。他吃完午飯回來很難過，我馬上要他回家休息。肚子絞痛哪有辦法專心工作。不過他想硬撐，這小子事業心強，工作賣力。有時候他像那樣消化不良，然後撐一個鐘頭他又好了，但這回只有愈來愈糟，我看不過去，硬把他逼回家。他走的時候，呃，不曉得，大概是三點吧，還是三點半？差不多就那個時間。」

「他幫你做多久了？」

「大概一年半。他是前年七月來的。」

「他前年十二月搬去跟溫蒂・漢尼福同住，你有他在那之前的住址嗎？」

「二十三街的基督教青年會。他當初來應徵時，住的就是那裡。然後他又搬過幾次，但沒給我住址，他搬到貝頓街我想就是十二月。」

「溫蒂．漢尼福你知道些什麼嗎？」

他搖搖頭，「從沒見過，名字也沒聽過。」

「你以前就知道他和一個女孩同住？」

「他是那樣跟我講啦。」

「哦？」

柏蓋許聳聳肩，「我看他應該是跟人合租房子，如果他要我以為那人是女的，我又何必反對。」

「你覺得他是同性戀？」

「對啊。我們這行也不是沒聽過這種事。我的員工就算跟非洲大猩猩上床，我也無所謂。下班時間他們愛幹什麼，是他們自家的事。」

「他有沒有哪個朋友是你知道的？」

「沒有，我沒一個知道，他有話都悶在肚裡。」

「他工作表現很好。」

「非常好，非常謹慎細心，而且對這行有感覺。」他眼睛盯著天花板，「我看得出來他有私人問題。他從來不談，但他，呃，該怎麼說才對？繃得緊緊的。」

「緊張？敏感易怒？」

「不，不完全是。綁得很緊是我能想到的最好的形容。你可以感覺到，有什麼心事在拖著他往下沉，綁著他動彈不得。但你知道嗎？他剛來這兒做時，這種情況要明顯多了。過去這一年他穩定很多，好像已經找到紓解的方法。」

「過去這一年？也就是說，從他搬去跟溫蒂同住以後。」

「我倒沒那樣想過，不過的確沒錯。」

「他殺了她，你很驚訝。」

「我嚇壞了，根本沒法相信。我到現在還沒恢復過來。一年半來，他每個禮拜幫我做五天事，我以為我很了解他。然後我才發現我根本不認識他。」

出門的路上，穿高領毛衣的年輕人叫住我。他想知道我有沒有問出什麼。我說我不知道。

「但這案子已經結了，」他說，「不是嗎？他們倆都死了。」

「對。」

「那你這樣四處刺探，到底是為了什麼？」

「我也不曉得，」我說，「你看他是為什麼要跟她住在一塊？」

「人跟人住在一起是為了什麼？」

「假設他是同性戀好了，他為什麼要跟女的住？」

「也許他撢灰跟打掃的工作做膩了，洗自己的衣服洗煩了。」

「我不曉得她那麼賢慧。聽說她是妓女。」

「我也聽說了。」

「男同性戀為什麼會要跟妓女同住？」

「媽媽咪啊，我也猜不透。也許她讓他接收她過剩的嫖客，也許他們是失散多年的姐弟。反正我呢，就算打死我，也不會去跟別人住，不管男的還女的。我跟我自己住就已經麻煩一籮筐了。」

這點我沒法反駁。我朝門口走去，然後又扭過頭。太多事情說不通了，而且根本兜攏不到一塊。「我只是想尋出個道理來，」我說——跟我自己，也是跟他。「他好端端的幹嘛殺她？先姦後殺。為什麼？」

「呃，他是牧師的兒子。」

「那又怎麼樣？」

「他們那夥人全是瘋子，」他說，「不是嗎？」

6

馬丁・范得堡牧師不想見我。「找我的記者太多了，」他告訴我，「我撥不出時間給你，史卡德先生。我對我的會眾負有重任。空閒的時間，我得獻心禱告和靜思。」

我知道這種感覺。我解釋說我不是記者，我說我是受僱於凱爾・漢尼福，受害者的父親。

「原來如此。」他說。

「我不會占用你多少時間的，范得堡牧師。漢尼福先生痛失愛女，就跟你痛失愛子一樣。事實上，他可以說是在他女兒遇害前就失去她了。現在他想再多了解她一點。」

「我恐怕沒辦法提供什麼資料。」

「他告訴我他想親自見你，牧師。」

沉寂良久。有一會兒，我還以為電話壞了。然後他說：「你的要求我很難拒絕。今天整個下午我恐怕都得處理會堂事務，也許晚上？」

「沒問題。」

「你有教堂的地址吧？牧師會館就在隔壁。我會等你，呃——八點行嗎？」

我說八點可以。我又翻出一枚一角硬幣，查了個號碼撥過去，這回跟我講話的人提起理查・范得堡可就開放多了。事實上，我打這電話他心裡似乎放下一塊石頭，還要我馬上過去。

他名叫喬治．托帕金，跟他弟弟合開了托氏兄弟律師事務所，辦公室在麥迪遜大道，四十幾街附近。牆上裱框的畢業證書，證實他是二十二年前從市立大學畢業後，進福德法學院繼續攻讀。

他矮小俊瘦，膚色黝黑。他把我安置在一張紅色的大皮椅上，問我要不要咖啡。我說好。他按一下對講機，要他祕書給我們一人一杯咖啡。他告訴我，他和他弟弟什麼案子都做，但重點擺在房產。他接的刑事案件（除了幫老顧客做的一些小事情外）都是法庭指派下來的。而這些大部分也是小案子：搶皮包，輕度攻擊，私藏毒品——直到法庭指派他擔任理查．范得堡的辯護律師。

「我原本以為會被解聘，」他說，「他父親是牧師，想來他應該會僱個刑事律師取代我。但結果我還是見到了范得堡。」

「什麼時候見到他的？」

「禮拜五快傍晚的時候。」他食指搔搔鼻翼。「本來還可以更早去的，我想。」

「但你沒有。」

「沒有。我一直在拖。」他兩眼平視著我。「我本以為會被換掉，」他說，「如果接手的人馬上要來，我想我應該可以省掉見他的那一面。不過倒也不是因為不想浪費時間。」

「怎麼說？」

「我不想看那婊子養的。」

他從書桌後站起來，走向窗口。他撥弄著百葉窗上的白繩，拉了幾吋上去又放下來。我耐心等著。他歎口氣，然後轉頭面對著我。

「那傢伙是個冷血殺手，二十幾刀活活把個女孩割死。我不想看到他，這點你會覺得難以理解嗎？」

「一點也不會。」

「不過我有點愧疚。我是律師，照說為人出面是不該想到他到底有沒有犯罪。我應該全力以赴，為他提出最佳辯護。至少絕不該在還沒跟自己的客戶談話以前，就假設他是凶手。」他回到他書桌，再度坐下。「但我做不到。警察在犯罪現場逮到他。如果這案子帶到法庭上辯，我也許可以找出什麼漏洞向他們挑戰，但當時我心裡其實已經審過那個雜種，而且判他有罪。再加上我認定了這案子會轉給別人，我自然就想盡辦法避免見到范得堡。」

「但你那個禮拜五下午終究還是去了。」

「嗯。他關在紐約市立監獄的囚室。」

「那你是在他牢房裡見到他的。」

「嗯。我沒怎麼注意周遭環境。搞半天他們終於拆掉女囚獄了。好多年前我和我太太住在格林威治村時，我常常都會經過那棟建築。好可怕的地方。」

「我曉得。」

「真希望他們也能拆掉男囚獄。」他又抓抓鼻翼，「我想我是看到了那可憐蟲上吊用的蒸汽管，還有他拿來綁脖子的床單。我們談話時他就坐在床上，他讓我坐椅子。」

「你跟他在一起多久？」

「我想應該有半個多鐘頭，但感覺好像久多了。」

「他開口了嗎？」

「起先沒有。他神遊天外，我試著要引他話頭，可是徒勞無功。他的眼神看來好像是在跟自己進行一場無言的激辯。我想引他開口，一邊開始尋思如果有機會幫他辯護的話，我要採取什麼策略。這是純粹假設性的頭腦演練而已，你知道，我沒預期真會有機會跟他上庭。總之我大致決定了，要以精神失常的理由為他脫罪。」

「大家好像都同意他是瘋了。」

「這跟法律認定的瘋狂還是有差別。結果會變成專家大作戰——你請一排證人，檢方也請一排。反正啊，我當時就那麼不斷的跟他講話，好引他開個口，沒想到他倏的扭頭看我，像是在納悶我是打哪兒冒出來的，就好似他一直不知道我原本就在房裡。他問我我是誰，於是我又把原先講過的話再講一遍。」

「他看來神智清不清楚？」

托帕金琢磨一下這個問題。「我看不出他神智是不是清楚，」他說，「我只知道他當時看起來神智清楚。」

「他說些什麼？」

「我希望我能一個一個字記得很清楚。我問他有沒有殺掉溫蒂．漢尼福，他說……讓我想想，他說：『她不可能是自己幹的。』」

「『她不可能是自己幹的。』」

「他應該就是那麼講的。我問他記不記得殺了她。他表示不記得。他說他胃痛，起先我以為他是說我們談話時他胃痛，但後來我想想他應該是說他案發那天胃痛。」

「他那天因為消化不良提早下班。」

「唔，他記得自己胃痛。他說他胃疼得不得了，所以先回公寓。然後他就開始講起血來。『她躺在浴缸裡，到處是血。』據我所知，他們是在床上發現她的。」

「對。」

「不是從浴缸移過去或什麼的？」

「她在床上被殺，警方報告是這麼說的。」

他搖搖頭，「他頭腦不清吧，他一口咬定她躺在浴缸裡，渾身是血。我問他他有沒有殺她，問了好幾次，但他一直沒有真的回答。他一會兒說他不記得殺了她，一會兒又說殺她的一定是他，因為她不可能是自己幹的。」

「這話他說了不只一次？」

「嗯，好幾次。」

「有趣，有趣。」

「是嗎？」托帕金聳聳肩，「我不覺得他在撒謊。我是說，他說他不記得殺了那女孩，這我相信。因為他承認他做了一件，呃，更可怕的事。」

「什麼事？」

「跟她性交。」

「這會比殺她更可怕嗎？」

「事後跟她性交。」

「噢。」

「他並沒有試圖掩飾。他說他發現她倒在血泊裡，然後跟她性交。」

「他是怎麼形容的？」

「我記不清了。你是說性交嗎？他說他幹了她。」

「在她死了以後。」

「顯然。」

「這點他要記得沒有困難？」

「沒有。我不知道他跟她性交到底是在事前還是事後。驗屍看得出來嗎？」

「天曉得，反正報告裡沒看到。不過我懷疑他們真能驗出姦跟殺的時間是不是很接近。為什麼問？」

「不知道。他不斷的說：『我幹了她，她死了。』意思好像是，他跟她性交是她致死的原因。」

「但他根本不記得殺了她啊。我看他是下意識抹掉了這個記憶，只是搞不懂他怎麼沒忘掉性交那段。呃，過程我再講一遍看看，他說他一進門就發現她倒在那裡？」

「我其實也記不全，史卡德。他走進門，她死在浴缸裡，他是那麼說。其實他也沒特別講到她死了，只是說她倒在一缸血水裡。」

「你問了他凶器的事嗎？」

「我問他怎麼處置凶器。」

「他怎麼說？」

「他不知道。」

「你有沒有問他凶器是什麼？」

「沒有，我不用問。他說：『我不知道刮鬍刀跑哪兒去了。』」

「他知道用的是刮鬍刀？」

「顯然。有理由他該不知道嗎？」

「呃，如果他不記得行凶，怎麼記得凶器？」

「也許他聽人談到，說那是把刮鬍刀。」

「也許。」我說。

∞

我徒步一會兒，大致是朝西南方走。我在第六大道靠三十七街的地方歇個腳喝一杯。隔我兩張凳子坐了個男的正在告訴酒保，他做牛做馬賺的錢，都給拿去供領社會救濟金的黑鬼買凱迪拉克，他覺得很幹。酒保說：「你？皇天在上，你一天他媽的在這兒混八個鐘頭。付的稅給他們買個輪胎軸都不夠。」

我往西南方再走一小段路，進了家教堂坐了一下。是聖約翰教堂，我想。我坐的位置靠近講台，看著別人一個個進出告解室。他們出來和進去時，表情完全沒有兩樣。我在想，如果真能把自己犯下的罪留在一間隔帘小密室的話就好了。

理查·范得堡和溫蒂·漢尼福。我揪著手上的線頭，想找出來龍去脈。有個結論不斷纏著我，但我不願輕易上鉤。這個結論不對，一定不對，但它鍥而不捨苦苦糾纏，不去面對我就沒法辦案。

我知道下一步絕對逃不掉。我一直躲躲閃閃，但它老不鬆手，我沒法永遠躲著不理。現在不做，更待何時？總不能等到三更半夜才動手吧。

我又晃了一下，點上兩根蠟燭，往濟貧箱裡塞進幾張鈔票，然後在賓州車站前攔輛計程車，告訴司機開往貝頓街。

一樓的房客出去了。二樓一位海克太太說她和溫蒂、理查甚少接觸。她記得溫蒂的前任室友一頭暗髮。有時候，她說，她們會在深夜把收音機或音響開得很大，但從沒有糟到她得提出抗議的地步。她喜歡音樂，她說。她喜歡所有的音樂，古典、半古典、流行——各種音樂。

三樓的公寓門上有把掛鎖，要撬開不難，但一定會驚動鄰居。四樓還沒人回來，我暗自慶幸。我繼續爬到五樓。伊麗莎白・安東尼利說過這樓房客要到三月才會回來。我撳了下電鈴，靜候反應。悄然無聲。

門上有四道鎖，包括一道防竊最力的泰勒鎖。解決其他三個鎖我用的是賽璐璐片——某家石油公司的信用卡，不用白不用，因為我現在已經是無車階級。然後我便踢開泰勒鎖；得踢兩次，門才朝裡飛開。

進門後我鎖上其他三道鎖。這兒的房客要猜出泰勒鎖到底出了什麼事的話，可有一頓好忙，不過那是他們的問題，而且也要等到三月。沒一會兒工夫我就找到連上防火梯的窗戶，我把它打開，往下爬兩層到了漢尼福／范得堡的公寓。

他們的窗戶沒鎖。我打開來，竄身躍進，然後關上窗戶。

一小時以後，我爬出窗戶，走防火梯回到樓上。四樓現在有了燈光，還好我得經過的那面窗戶簾子已經拉下。我重返五樓公寓，由前門走到外頭甬道，把門鎖上，然後下樓走出大樓。我有足夠時間可以在見馬丁・范得堡以前吃個三明治果腹。

7

我搭BMT地鐵線，在六十二街和新烏得勒支大道的交口下車，然後走過兩條街，穿過布魯克林灣脊區和本森丘交界的地帶。此刻，一場綿綿細雨開始融掉昨天的雪。天氣預報說，今晚還要下雪。我早到了一點，便停在一家小店的餐檯上喝杯咖啡。櫃檯尾端一個小鬼正在跟他兩個朋友展示他的重力彈簧刀如何砰的一聲即開。他迅速瞄我一眼，隨即收起刀子，這才提醒了我，我還沒脫一身警察味。

我喝掉半杯咖啡，一路走到教堂。那棟建築宏偉壯觀，是由白石砌成，但因年代久遠，展露出各種不同色調的灰。一方角石宣稱，此棟建築於一八八六年落成，捐款促成此事的會眾在當地已有兩百二十年的歷史。一面圖文並茂的公布欄上寫著，這是灣脊區的第一復興教會，駐堂牧師是馬丁·范得堡，每星期天九點半舉行禮拜。這個禮拜天范得堡牧師預訂要講的題目是：通往地獄之路布滿善心。

我繞過轉角，發現牧師會館和教堂緊鄰相接：樓高三層，建材也是同樣醒目的白石。我撳了鈴，站在階前雨下等了幾分鐘。前來應門的是個矮小的灰髮女人，她抬頭瞀眼看我。我報上名字。

「欸，」她說，「他吩咐過請你進來。」她領我走進客廳，指了張沙發要我坐下。我面向通電發光的壁爐坐下。壁爐兩旁的牆壁排滿書架，木板鑲嵌的地上鋪張色調陰晦的東方地毯。房內家具清一色沉暗龐大。我坐在那裡等他，心想剛才路上真該叫杯老酒，不叫咖啡。這房間暮氣沉沉，別想喝酒。

他讓我在那兒坐了五分鐘。然後我聽到他下樓的腳步聲。他進房時，我站起來。他說：「史卡德先生？抱歉讓你久等，我剛才在講電話。請坐，請坐。」

他很高，瘦得像根鐵桿。他穿套黑色西裝，教士領，一雙黑皮拖鞋。他的頭髮已白，間雜幾抹亮黃。以幾年前的標準來看，他的頭髮或許嫌長；但現在看來，那頭濃密的鬈髮則顯得保守。玳瑁邊的眼鏡框著兩只厚厚的鏡片，很難看清他的眼睛。

「要咖啡嗎，史卡德先生？」

「不了，謝謝。」

「我也不喝。晚餐我只要多喝一杯咖啡，就會大半夜都睡不著。」他坐上的那張椅子和我的配對。他上身前傾，兩手擺在膝上。「好，開始吧，」他說，「我實在不曉得是不是真能幫上什麼忙，請你說吧。」

我把凱爾．漢尼福託付我的事再解釋得清楚一些。講完後，他兩指夾著下巴，若有所思的點點頭。

「漢尼福先生失去女兒，」他說，「而我失去兒子。」

「對。」

「我們這個時代要為人父實在很難，史卡德先生。也許一向如此，但我老覺得時代在與我們作對。嗯，我是非常同情漢尼福先生，尤其我的遭遇又跟他類似。」他轉頭凝望火光，「但我恐怕沒法同情那個女孩。」

我沒答話。

「這錯在我，我很清楚。人是不完美的。有時候我覺得，宗教最大的功用不過是讓我們警覺到我們有多不完美。唯有上帝無懈可擊。就連人，祂最偉大的創造，也是無可救藥的充滿瑕疵。很諷刺，史卡德先生，你說是嗎？」

「我同意。」

「我有個很大的瑕疵是，我覺得溫蒂．漢尼福死有餘辜。你曉得，她父親無疑認定我的兒子得為他女兒的死負責。而我，從我的角度看來，卻認為他的女兒得為我兒子的死負責。」

他起身走向壁爐。他在那兒站了一會兒，背脊挺直，烤熱雙手。他扭頭看我，欲言又止。他慢慢踱回他椅子，再度坐下，這回蹺起腿來。

他說：「你是基督徒嗎，史卡德先生？」

「不是。」

「猶太人？」

「我不信教。」

「可憐哪你，」他說，「我問到你的宗教，是因為如果你有信仰的話，也許你會比較容易了解我為什麼對漢尼福女孩深惡痛絕。但也許我可以從另一個角度切入這個問題。你相不相信善與惡，史卡德先生？」

「是，我相信。」

他點點頭，滿意了。「我也是，」他說，「不管一個人的宗教觀如何，很難不相信這點。只要瞄一瞄報紙，惡的存在就昭昭在目。」他頓一下，我想到他是在等我開口。然後他說：「她就是罪惡。」

「溫蒂．漢尼福？」

「對，一個罪大惡極的蛇蠍魔女。她把我兒子從我身邊搶走，叫他遠離他的宗教、他的神。她把他引入歧途，遠離正道。」他的聲音提高一個音階，我可以想像他在面對會眾時的強大威力。「殺她的是我兒子，不過是她先扼殺了我兒子的靈魂，是她引動了他殺人的心。」他的聲音又沉下來，兩掌搭在體側。「溫蒂．漢尼福死有餘辜。取走她性命的是理查，我覺得遺憾；他自殺身亡，我更覺遺憾。但你客戶的女兒死掉我覺得毫不足惜。」

他雙手下垂，頭低下來。我無法看到他的眼睛，但看得出他神色苦惱，一張臉籠罩在善與惡的糾葛盤結之中。我想到他禮拜天要講的道，想到所有通往地獄的路，以及所有路上的引誘。我腦中浮現的馬丁．范得堡宛如希臘神話裡瘦長的薛西佛斯，任勞任怨的要把不斷滾下的巨石推上山頂。

我說：「你兒子一年半前就去了曼哈頓，在柏蓋許古董公司做事。」他點點頭。「所以說，他搬去和溫蒂・漢尼福同住之前六個月，就已經離開這裡。」

「沒錯。」

「但你覺得是她把他從你身邊搶走。」

「對。」他深吸一口氣，然後緩緩吐出。「我兒子高中畢業後沒多久就離開家了。我不贊成，但也沒有強烈反對。我本希望理查能上大學。他生性聰明，進大學一定會有優異表現。我有我的期望，這很自然，希望他能接我衣缽，做個神職人員。不過我並沒有強逼他走這條路。人各有志，他的前途只能由他自己決定。我在這方面是很開明的，史卡德先生。與其他將來變成個自怨自艾的傳道人，我寧可看到我的兒子成為事業有成、心滿意足的醫生或者律師或者商人。

「我了解理查必須找到他自己。這年頭年輕人都流行講這套的，不是嗎？他必須找到他自己，這我了解。我盤算著，這段自我追尋的過程頂多一、兩年後就會把他帶回大學。這是我的如意算盤，我知道，但我實在看不出有什麼值得大驚小怪的。理查當時有個正當工作，他又住在正派的基督教兄弟之家，而且我感覺到他並沒有走上歪路。那或許不是他最終要走的路，但至少是他當時必須經過的考驗。

「然後他碰上了溫蒂・漢尼福。他和她一起活在罪裡。他跟著她一起腐化朽敗。然後，最終——」

我想起一句廁所文學：快樂是當你兒子娶個和他信仰相同的男子。理查・范得堡顯然扮演過同性戀，而他父親一直蒙在鼓裡。然後他搬去和一個女孩同住，老爸卻因此雷霆大發。

我說：「范得堡牧師，現在很多年輕人都流行同居。」

「這點我清楚，史卡德先生。我不贊成這種事，但我不可能視而不見。」

「但他倆同居，你好像不只是不贊成而已。」

「對。」

「為什麼？」

「因為溫蒂・漢尼福是妖孽。」

我的頭開始隱隱作痛。我拿指尖摩搓前額正中。我說：「我最重要的任務就是提供她父親有關她的資料。你說她是妖孽，這話怎麼說？」

「她以年長女人的身分，引誘一個天真無知的年輕人和她發生不正常關係。」

「她只比理查大三、四歲而已。」

「對，論歲數的話。但論起涉世程度，她比他大了幾百歲。她人盡可夫，她淫蕩無行，她該下地獄。」

「你到底有沒有見過她？」

「有，」他說。他吸口氣再吐出來。「我跟她見過一次。一次就夠了。」

「什麼時候的事？」

「我實在記不太清楚。我想是春天吧。四或五月，應該。」

「他把她帶到這兒來嗎？」

「不，不。理查不會笨到把那女人帶來家裡。我去了他們同居的那間公寓。我特意去找她，跟她攤牌。我選了個理查上班的時間過去。」

「於是你見到溫蒂。」

「沒錯。」

「目的何在？」

「我要她結束跟我兒子的關係。」

「而她拒絕了。」

「哦，是的，史卡德先生。她拒絕了。」他仰靠在他椅背上，闔起眼睛。「她血口噴人，滿嘴髒話。她嘲笑我。她——這事我不想多談，史卡德先生。她斬釘截鐵的說她無意放棄理查。她打定主意要跟他同住。那整個談話是我這輩子最最不愉快的經驗。」

「然後你就再沒見過她。」

「對。我跟理查見過幾次面，但不是在那公寓裡。我想盡辦法要他離開那女人，一點用也沒有。他對她迷戀得完全失去理智。性——邪惡、縱淫無度的性——讓某些女人牢牢控制住脆弱的男人，叫他們無力自拔。男人是軟弱的，史卡德先生，面對蛇蠍女妖肉體的誘惑，他們往往無力招架。」他沉重的歎口氣，「而最終毀掉她的，就是她邪惡的本性。她施加到我兒子身上的魔咒，正是導致她滅亡的工具。」

「你把她說得像是中古時代的女巫。」

他淡淡一笑，「女巫？我的確是這麼想。未經啟蒙的世代是會把她當女巫一樣，綁上火柱活活燒死。現在我們講的是精神失常、各種心理情結、強迫症；過去我們講的是巫術、妖魔附身。有時候我會想，我們現在是不是真像我們說的那麼開化，而我們的開化又是不是真的帶來了什麼好處。」

「不都一樣嗎？」

「嗄？」

「我只是在想，又有什麼是真的帶給了我們什麼好處。」

「啊，」他說，他拿下眼鏡，立在膝上。我到現在才看清他眼睛的顏色：淡藍色閃著金點。他說：「你沒有信仰，史卡德先生。也許這就是你憤世嫉俗的原因。」

「也許。」

「照我看，神的愛對我們大有好處。在下一個世界裡——如果不在這個的話。」

我決定我一次只能對付一個世界。我問他，理查有沒有信仰。

「他信仰不堅。他的心思全擺在自我實現，沒有餘力遵隨神意。」

「噢。」

「然後他又被漢尼福女人的魔法蠱住了。我這話可不是信口胡謅的，他的的確確是被她蠱住了。」

「在那之前他是什麼樣子？」

「是好孩子。頭腦清楚，對世事充滿興趣，很有抱負。」

「你跟他從來沒出過問題？」

「沒有問題。」他把眼鏡戴回去。「我無法不怪自己，史卡德先生。」

「為什麼？」

「很多原因。他們那句話是怎麼說的？『鞋匠的孩子永遠光腳丫。』也許這句俗話也適用在我們身上。也許我為我的會眾花費太多心力，相形之下給兒子的時間就減少很多。我必須獨自把他撫養長大，你知道。當時我並不覺得那有多難，也許我是低估了養兒育女的難度。」

「理查的母親——」

他閉上眼睛。「我是將近十五年前失去我妻子的。」他說。

「噢？」

「她的死對我倆打擊不小。日子難過，理查和我。回想起來我覺得我應該再婚。我從來——從來沒有起過這個念頭。我後來僱了個管家，而我的職業也讓我能比一般父親多花些時間陪他。我一直以為那就夠了。」

「而現在你的想法有了改變？」

「不知道。有時候我覺得人很難靠自己的力量改變命運。我們一生的路都在命定之中。」他笑一下。「相信這點，可以活得比較安心，但也可能正好相反，史卡德先生。」

「我懂你的意思。」

「有時候，我又覺得應該有什麼是我該做而沒做的。理查非常內向，他害羞沉默，幾乎是完全活在自己的世界裡。」

「他有過什麼社交生活嗎？我是說他念高中住家裡的時候。」

「他有過朋友。」

「約會呢？」

「他那時候對女孩沒興趣。他在掉進那個女人的魔掌以前，對女孩一直沒有興趣。」

「他對女孩興趣缺缺，你不擔心嗎？」

我在暗示他理查只對男孩有興趣，但只是點到為止。就算會了意，他可也沒露出聲色。「我不擔心，」他說，「我認為理查遲早會跟異性發展出良好、健康的親密關係，然後結婚生子。他當時沒有四處約會，我一點也不煩惱。如果你站在我的立場，看到我所看到的，史卡德先生，你就會了解許多麻煩都是源自兩性之間過從太密。我看過未成年的少女懷孕，我看過年輕男子在不諳世事的年紀被迫結婚，我看過年輕人染上難以啟齒的惡疾。理查在這方面晚熟，我只有高興的份，何來煩惱的心？」

他搖搖頭。「但話說回來，」他說，「也許如果他經驗能多一些，如果他沒那麼天真無知，或許他就不會那麼輕易的讓漢尼福小姐玩弄在股掌之間。」

我們默默坐了一會兒。我又問了他幾件事，但沒有得到什麼具體答案。他再問一次我要不要咖啡，我搖搖頭，表示我該走了。他沒有挽留我。

我從玄關的櫃子裡拿出管家為我疊在裡頭的外套。我邊穿邊說：「聽說案發以後，你去看過你兒子一次。」

「嗯。」

「在他牢房裡。」

「對。」回憶到這段，他微微縮了下身子。「我們沒講很久。我能力有限，但還是盡可能勸慰他，讓他寬心。顯然我失敗了。他……他決定要以他自己的方式贖罪。」

「我跟分派到他案子的律師談過，一位托帕金先生。」

「我們沒碰過面。理查……自盡以後……呃，我覺得沒有必要見那律師，而且我沒那勇氣。」

「我了解。」我把外套扣好，「托帕金說，理查不記得謀殺過程。」

「哦？」

「你兒子跟你提過什麼嗎？」

他猶豫一下，我以為他不打算回答。然後他不耐的甩甩頭。「現在說出來也無妨了，是吧？也許他跟律師講的是實話，也許當時他的記憶模糊起來。」他又歎口氣，「理查告訴我，他殺了她。他說他突然變了個人。」

「這話他有沒有解釋？」

「解釋？我不知道對你來說那算不算是解釋，史卡德先生。對我來說，那是。」

「他說了什麼？」他越過我的肩膀往前看，尋思恰當的措詞。終於他說：「他告訴我他在一片刺眼的光照之下，看清了她的臉。他說他彷彿乍見魔鬼現形，只知道他必須毀了她，毀了她。」

「哦。」

「我沒有因此原諒他犯的罪，史卡德先生，但我仍然認為漢尼福小姐必須為她自己的死負責。她設下羅網引他入彀，她矇住他的眼叫他看不到她的本相，然後有那麼一會兒面紗滑落，矇布由他眼睛鬆脫，他終於見到她的真面目。而且也看到，我很肯定，她對他、對他的一生做了什麼。」

「聽你的口氣，好像他殺她是替天行道。」

他瞪著我，眼睛睜得老大。「噢，不，」他說，「那可行不通。人不能扮演上帝。獎懲取予，這是上帝的職司，人怎麼能越俎代庖？」

我的手伸向門把，有點遲疑。「你跟理查說些什麼？」

「我記不太起來。本來就沒什麼好說的，而我當時又因為震驚過度，更是無話可說。我兒子要求我原諒他，我為他祈福。我告訴他，他應該求神原諒。」近距離看，他的藍眼在厚厚的鏡片下放大了，眼角滲出淚水。「我希望他求過。」他說，「我希望他求過。」

8

我起床時天色仍暗，上床時的頭疼現在又原封不動帶下床來。我走進浴室，吞下兩顆阿斯匹靈，然後強迫自己花點時間站在噴熱的蓮蓬頭下。等我擦乾身體換上衣服，頭疼已經去了大半，天際也開始現出曙光。

我的腦子還塞滿前一天晚上談話的片段。我從布魯克林回來時頭痛欲裂、口乾舌燥。我止渴的工夫做得比止痛徹底許多。我記得和前妻安妮塔談話的大概——兒子們都好，他們當時已經入睡，他們想來紐約看我，如果方便的話也許在此過夜。我說很好，但我目前手頭有個案子待辦。「鞋匠的孩子永遠光腳丫。」我告訴她。我想她大概沒有聽懂。

我抵達阿姆斯壯酒吧時，正好趕上崔娜下班。我請她喝兩杯威士忌蘇打，跟她約略提到我的案子。「他母親在他六、七歲的時候過世，」我說，「這我一直不曉得。」

「知道又怎麼樣呢，馬修？」

「不知道。」

她離開後，我獨自坐著，又喝了幾杯。本想吃個漢堡再走，但他們已經關了廚房，我不知道我是幾點回到房間。我沒注意，或許是不記得。

我到我旅館隔壁的火焰餐廳吃早點，喝了不少咖啡。我本打算打到漢尼福的辦公室，但想想不急。

8

克里斯多福街郵政分局的一名職員告訴我，轉寄地址通常他們只保留一年。我建議他查閱過期檔案；他說那太花時間，而且不是他的份內工作，再說他又工作過量。我看他是班傑明．富蘭克林以來，破天荒第一個工作過量的郵政人員。我接過他這招暗示，偷偷塞了張十元鈔票給他。他似乎頗為驚訝，可能是因為錢數，也可能是因為我沒叫他挨頓臭罵。他閃進裡頭一個房間，幾分鐘後就拿到瑪西雅．馬索在東八十四街、靠近約克大道的地址。

那是棟高樓，有地下停車場。休息室可以媲美小型機場的大廳，有個小瀑布，配上碎石和塑膠植物。房客名冊上，我找不到姓馬索的，門房也從沒聽過她。我找到管理員，他馬上認出這名字。他說她幾個月前結婚搬走了，現在是傑瑞．塔爾太太。他有她在瑪瑪榮內克的地址。

我從威徹斯特區的詢問處要到她電話，然後撥過去。撥了三通都在忙線，第四回響了兩下，有個女人來接。

我說：「塔爾太太嗎？」

「對，請問哪位？」

「我叫馬修．史卡德，想跟妳談談溫蒂．漢尼福。」

停頓好久，我開始納悶是不是找錯了人。我在溫蒂公寓一個櫃子裡發現一疊舊雜誌，上頭寫了瑪西雅・馬索的名字和貝頓街的地址。我這一路查來或許哪裡出了差錯——郵局職員給的可能是另一個馬索的地址，管理員搞不好查錯了檔案卡。

然後她說：「你想怎麼樣？」

「我想問妳幾個問題。」

「為什麼要問我？」

「妳以前跟她合租過貝頓街的公寓。」

「那是很久以前的事了。」很久以前，而且在另一個星球。再說，那娼婦已經死了。「我跟溫蒂幾百年沒見了。連她長什麼樣，我都不太記得了呢。」

「但妳以前認識過她。」

「那又怎麼樣？等等好嗎？我得拿根菸。」我等著。她一會兒之後回來說：「我看到那條新聞，當然。殺她那男孩自殺了，不是嗎？」

「對。」

「那幹嘛又要把我扯進去？」

她不想被扯進去就算得上是個理由，但我沒說。我跟她解釋我的任務特別：凱爾・漢尼福想要知道他女兒的近況——因為她已經沒有將來。我講完後，她說她也許可以回答一些問題。

「妳是前年六月，從貝頓街搬到東八十四街的。」

「你怎麼知道這麼多？好，算了，說下去吧。」

「不知道妳是為什麼要搬？」

「我想一個人住。」

「噢。」

「再加上我希望住得離工作的地方近一點。我在東區上班，從格林威治村每天來回實在很累。」

「妳當初怎麼會找到溫蒂合租房子的？」

「她住的公寓對她來說太大，而我又剛好在找房子。當時覺得很好。」

「後來開始不好了？」

「呃，地點，而且我又需要隱私。」

她只是想隨便搪塞一些答案，快快把我打發掉。我真希望能跟她面對面問清楚，但又實在不想耗掉一天的時間開車往返瑪瑪榮內克。

「妳們是怎麼變成室友的？」

「我才說過，她有間公寓——」

「妳是看廣告找去的嗎？」

「噢，我懂你意思了。不，我是在街上碰到她的。」

「妳們以前就認識？」

「噢，我以為你知道。我們是大學同學，不很熟，點頭之交，因為學校很小，每個人多多少少都會認識。總之我在街上碰到她，兩人就開始聊起來。」

「妳是在學校認識她的？」

「欸，我以為你知道。我很多事情你好像都很清楚，奇怪怎麼這個你會不曉得。」

「我想跟妳當面談談，塔爾太太。」

「不成，電話談就可以了。」

「我知道會占用妳的時間，但——」

「我只是不想介入這事，」她說，「你還不懂嗎？老天！溫蒂不是已經死了嗎？重提舊事對她能有什麼幫助？」

「塔爾太太——」

「我要掛了。」她說。然後掛了。

我買份報紙，找個小店叫杯咖啡。我給她足足半小時時間納悶我有沒有那麼容易打發，然後我又撥了她的號碼。

有件事我早就學到：不需要知道對方怕什麼，知道他在怕就夠了。

第二聲鈴響一半她就接了。她話筒湊著耳朵，好一會兒沒講話。然後她說：「喂？」

「我是史卡德。」

「聽著，我不——」

「閉嘴，妳這笨女人！我已經打定主意要跟妳談。我可以當著妳老公的面跟妳談，也可以跟妳單獨談。二選一。」

沉默。

「妳考慮一下。我要租輛車，一小時內可以到達瑪瑪榮內克，再一小時我就會回我車上，永遠不再煩妳。這辦法做來容易；如果妳想來硬的，我也可以奉陪，不過我看對我倆都沒有多大好處。」

「哦，老天。」

我讓她考慮。魚鉤已經撤下了，現在她想甩也甩不掉。她說：「今天不可能。幾個朋友要來喝咖啡，他們隨時會到。」

「今天晚上？」

「不行，傑瑞會在家裡。明天呢？」

「早上還下午？」

「我十點跟醫生有約，那之後我都有空。」

「我中午到妳住的地方。」

「不行，我不希望你來我家。」

「妳選個地方我們碰面。」

「等等，給我幾分鐘。老天。這一帶我根本不熟，我們幾個月前才搬過來的。我想想。休勒大道上有家餐廳附設雞尾酒吧，名字叫卡力歐卡。我看了醫生以後，可以到那兒吃午飯。」

「中午？」

「好，不過我不曉得地址。」

「我會找到的。休勒大道上的卡力歐卡。」

「對。我忘了你名字。」

「史卡德。馬修．史卡德。」

「我怎麼認你？」

我想道：看來跟大家格格不入的那個就是啦。我說：「我會在吧台喝咖啡。」

「好吧。我們應該會碰到頭的。」

「當然，這我可以打包票。」

∞

我前一天晚上非法闖入民宅，除了發現瑪西雅．馬索的名字以外，沒有多大斬獲。我的搜查品質大打折扣，多少是因為我不確定自己要找什麼。如果你想把哪個地方攪得天翻地覆，腦裡有個特定目標應該會有幫助；而如果你不在乎留下痕跡，想必也能省點力氣。舉例來說，搜書架時，如果可以任意翻閱，然後往地毯隨手一丟，工作效率自然可以大大提高。如果你得把每本書整整齊齊的擺回原位，二十分鐘的工作準可以拖上兩個鐘頭。

溫蒂的公寓藏書不多，而我也沒有多加理會。我對刻意藏好的東西興趣缺缺。我當時不知道自己要找什麼；現在事情過後，我也搞不清我到底找著什麼。

待在那裡的一個鐘頭，大半時間我就是在幾個房裡晃來晃去，一會兒坐坐椅子，一會兒牆上靠靠，想感覺出一點前任兩位房客遺下的精魂。我看著溫蒂死時躺的床鋪，那是張矮腳床，疊了個雙層彈簧墊。他們還沒有換下滲血的床單，雖然換不換都一樣；床墊浸滿了她的血，整張床都得刷乾淨。有那麼一下子，我手捧一塊紅銹的血，腦裡旋著一波波教士手持聖餐的圖像。我摸進浴室乾嘔許久。

既然人在裡頭，我索性掀開浴簾，檢查浴缸。缸裡有圈痕跡，是上回洗澡留下的，排水孔積了些頭髮，但沒有任何殺人的跡象。倒也不是我懷疑會有。理查．范得堡的回憶原本就是顛顛倒倒，語無倫次。

打開醫藥櫃，我就知道溫蒂有服避孕藥的習慣。藥一顆顆嵌在一張小卡片上，中央一個數字盤註明是禮拜幾：哪天有服沒服可以立見分曉。禮拜四的藥沒有了，所以我知道她被殺那天做了一件事：服避孕藥。

除了避孕藥以外，我還找到好幾瓶有機維他命，看來這公寓的房客至少有一個是健康食品奉行者。有個小罐子貼了處方標籤：小理有花粉熱。他們的化粧品名堂很多，還有兩瓶不同品牌的除臭劑，一把專剃腿毛和腋毛的小型電動刮毛刀，一把大型電動刮鬍刀。我找到其他一些處方藥——Seconal和Darvon（他的），標籤上說明是減肥用的Dexedrien（她的），以及一個沒貼標籤的瓶子——裡頭裝的好像是Librium。藥都還在，我很訝異。警察一向喜歡順手拿藥；尤其那些不願拿死人錢的警員，更是無法抗拒興奮劑或鎮定劑的誘惑。

我順手摸走Seconal和Dex。

臥室裡的衣櫃和五斗櫃擺滿了她的衣服。花樣不多，但其中幾件洋裝有Bloomingdale's和Lord & Taylor這兩家高級服裝店的標籤。他的衣服擺在客廳，襯衫、短襪和內衣褲他都放在一張西班牙式寫字檯的抽屜裡。

客廳的沙發可兼床用。我把它攤開，發現裡頭已經鋪好床單跟毛毯。床單上次洗後有人睡過。我闔上沙發，一屁股坐下。

廚房設備齊全。銅底炒鍋，一套橘色的搪瓷鐵鍋——深淺都有，一個柚木架上擺了三十二罐香料。冰箱的冷凍庫裡有兩份電視快餐，但其他空間塞得滿滿的全是生鮮食品。櫥櫃裡也是琳琅滿目。這個廚房以曼哈頓的標準來看算是大的，裡頭還擺一張橡木圓桌。桌旁立了兩張高背扶手大椅，我坐上其中一張，想像起一幅家居安樂圖：其中一個興致勃勃的準備饗餮大餐，然後兩人一起坐下開懷大嚼。

我離開公寓，兩手空空。沒有地址簿，沒有支票簿，沒有銀行結單，沒有一大疊深具啟發性的作廢支票。這兩位不管是如何分配開銷，一切花費顯然都是以現金支出。

現在事隔一天，我回想我對那間公寓的印象，實在很難理解馬丁·范得堡為什麼會把溫蒂比成魔鬼化身。如果她是色誘小理，他又何必睡在客廳的沙發床上？而那整間公寓又為什麼會散發出那樣寧靜的家居氣息，那種臥室裡再多的血也無法淹沒的家居味道？

9

我回到旅館時，櫃檯有我的電話留言。凱爾．漢尼福十一點一刻打過電話，要我回電。他留下一個號碼，是他已經給過的。他的辦公室號碼。

我從我房間打過去，他在吃午飯，他的祕書說他會回電。我說不要，我一個鐘頭之內再打給他。

這通電話提醒了我該試試考特瑞公司——溫蒂租約申請表上填的雇主。我在記事本找到電話，再試一次，心想或許頭一回撥錯了號碼。結果還是同樣的錄音回答。我查電話簿找考特瑞公司，沒有登記。我問查號台，一樣沒有。

我想了幾分鐘，然後撥了個特殊號碼，有個女人拿起話筒。我說：「巡邏警員路易士．潘考，第六分局。我這兒有個電話目前給暫時切掉，我得知道號碼是登記在誰的名下。」她問我號碼，我告訴她。她要我等著別掛。我坐在那裡，話筒緊貼耳朵，等了將近十分鐘她才回到線上。

「這是空號，」她說，「不只是暫時切掉。」

「妳能不能告訴我這號碼上回是分配給誰？」

「恐怕沒辦法，警官。」

「這種資料你們都不存檔的嗎？」

「應該是有，但我沒法找到。我有最近切掉的號碼，但這個是一年多以前切的，所以我查不到。奇怪竟然到現在還是空號。」

「所以妳就只知道，這號碼已經停了一年多沒用。」

她就只知道這個。我道謝之後掛斷。我倒杯酒喝，酒杯見底時，我想到漢尼福應該已經回到公司。沒錯。

他告訴我，他總算找到了明信片。第一張的郵戳蓋著紐約，是六月四日寄的。第二張是九月十六日從邁阿密寄的。

「這告訴了你什麼，史卡德？」

這告訴了我，她最晚也是六月初就到了紐約。這告訴了我，她的邁阿密之旅是在簽租約之前。除此以外，這沒告訴我什麼偉大的線索。

「還有些疑問，」我說，「卡片在你手邊嗎？」

「嗯，就在我前面。」

「麻煩你唸給我聽好嗎？」

「其實也沒寫什麼。」我等著。然後他說：「唔，也沒有不唸的理由。這是第一張卡片。『親愛的媽媽爸爸：希望我沒讓你們擔心。一切都好。我人在紐約，很喜歡這裡。退學是因為煩人的事太多。以後見面時，我會解釋清楚——』」唸到這行，他的聲音有點嘶啞，但他趕緊咳個嗽再唸下去。「『請別擔心。愛你們的溫蒂。』」

「另一張卡片呢？」

「等於什麼也沒寫。『親愛的媽媽爸爸：還好吧？我一直以為佛羅里達只能冬天來，沒想到現在也很棒。再見。愛你們的溫蒂。』」

他問我進展如何，我實在不知道該怎麼回答。我說我一直在忙，查來的片片段段還有待慢慢拼湊組合，難說什麼時候才能有點具體結果可以向他報告。「范得堡出現以前，溫蒂跟另外一個女孩合租過幾個月。」

「那女孩是妓女嗎？」

「不知道。我是滿懷疑的，不過不敢肯定。我約好明天跟她碰面。她是溫蒂大學時代的朋友。她有沒有跟你們提過一個叫瑪西雅．馬索的人？」

「馬索？應該沒有。」

「她大學的朋友，你有沒有哪個知道名字的？」

「好像都不知道。我想想。我記得她提過一些名字，沒講姓就是了。不過我一個也想不起來。」

「也許不重要。考特瑞這名字，你有印象嗎？」

「考特瑞？」我拼出來，他大聲再唸一遍。「一點印象也沒有。該有嗎？」

「溫蒂簽租約的時候，雇主名字填的是他。我找不到他開的公司。」

「你為什麼認為我該聽過？」

「只是隨口問問，看能不能誤打誤撞。近來我常常這樣，漢尼福先生。溫蒂會做菜嗎？」

「溫蒂？就我所知，不會。當然她有可能念大學的時候培養出烹飪的興趣，這我就不清楚了。住家裡的時候，她了不起也只會自己弄個花生醬或者果醬三明治吃吃。為什麼問？」

「沒為什麼。」

他另一個電話響了，他問我還有沒有別的事。我正要說沒有，卻又想起打開頭就該想到的問題。「明信片。」我說。

「明信片怎麼樣？」

「另一面是什麼？」

「另一面？」

「她寄的是風景明信片對不對？翻個面，我想知道另一面是什麼。」

「我瞧瞧。是格蘭特將軍墓，這解決了你的疑問嗎，史卡德？」

我沒理會他諷刺的語氣。「這是紐約，」我說，「我對邁阿密那張比較有興趣。」

「是家旅館。」

「什麼旅館？」

「哦，天哪，我根本沒想到這點。也許暗藏了什麼玄機，對不對？」

「什麼旅館，漢尼福先生？」

「伊甸石。這是重要線索吧？」

8

不是。

我找到伊甸石的經理，告訴他我是紐約警方，正在調查一件詐欺案。我要他翻出一九七〇年九月所有的住宿登記卡。我在話線上等了半個鐘頭；他在那頭翻出卡片，一張張查對有沒有姓漢尼福或考特瑞的人登記住宿。空等一場。

我不很驚訝。考特瑞不一定是帶她到邁阿密的男人。而就算他是，那也不表示他非得在登記卡上簽下真名。如果他簽真名，事情就好辦多了；但截至目前為止，有關溫蒂的事情——不管是生是死——沒一件好辦。我不可能奢望現在突然事事順心。

我又倒杯酒，決定今天要放假一天。我好勝心切，想把沙漠所有的沙子統統過濾。沒必要嘛，因為我在找的答案，跟我顧客問的問題八竿子都打不著。理查．范得堡是誰並不重要，他為什麼在溫蒂身上畫紅線也沒人想知道。漢尼福想要的只是溫蒂死前不久的一點生活軌跡。傑瑞．塔爾太太，前瑪西雅．馬索小姐，明天就可以提供正確答案。

所以在那之前我大可閒散度日。看看報，喝喝酒，悶在房裡快得自閉症時，不妨一路踱到阿姆斯壯酒吧。

只是，我辦不到。那杯酒我慢慢喝了將近半個鐘頭，然後清洗杯子，穿上外套，搭A線地鐵前往城中。

∞

你要是選個非週末的下午闖進同性戀酒吧，你會納悶這些店為何名不副實。到了晚上，一大堆人又喝又鬧、你勾我搭，空氣裡才開始瀰漫著同性戀者樂陶陶的氣氛。這氣氛也許有點勉強，你也許可以感覺到一股壓抑得不太成功的絕望暗流，但用快樂形容大抵還是不差。不過找個禮拜四下午三、四點的時候跑去，這種地方就只剩無處可去的幾隻小貓在那兒純喝酒；還有個酒保，拉得老長的臉告訴你他知道世風日下，他曉得事情不可能好轉。

我一家家登門拜訪。貝頓街地下室一個俱樂部，有個白髮長長、八字鬍像打過蠟的男人獨自一人在玩滾球機，啤酒擺一邊都走了味。西十街一個大房間，裝潢和氣氛鎖定的顧客群是大學球員和球迷；地板上有鋸木屑，磚牆掛著寫上希臘字母的旗子。算一算，貝頓街一九四號方圓四個路口以內總共有半打同性戀酒吧。

很多人瞪眼看我。我是警察嗎？或是潛在的性伴侶？或者兩者皆是？

我有報上剪來的小理照片，誰願意看我就拿給誰看。幾乎每個人都認出是誰，因為他們都在報上看過。命案才發生不久，又是在這附近，而且病態的好奇也不是異性戀者的專利。總之他們大多都認出照片，而且不少人表示在這附近看過他，但沒有人記得他來過酒吧。

「當然我也不是那麼常來這裡，」我聽了不只一個人說，「只是偶爾喉嚨發癢時，過來喝杯啤酒。」

在一個叫辛西亞的酒吧，酒保認出了我。他很誇張的做了個要信不信的驚詫樣。「我沒看走眼吧？來人真的是僅此一家、別無分號的馬修．史卡德嗎？」

「嗨，肯恩。」

「你老兄該不會是終於投誠了吧，馬修？聽說你離開條子窩那個大黑店我就已經嚇飽了。要是馬修．史卡德真的想通了，跑來當個同性戀者成天樂陶陶的話，那我可是真要呼爹喊娘，兩眼一翻昏倒了。」

他看來還像是只有二十八，但其實他應該都快這年齡的兩倍了。金髮是他自己的——雖然顏色是瓶裡倒來的。湊近了看，你可以發現整容的痕跡；但站在幾碼以外，他看來並不比十五年前，我以腐化未成年人的罪名逮捕他時要老半歲。那回逮他，我沒什麼好自豪的；所謂的未成年人當時十七歲，而且腐化的程度已經達到肯恩這輩子都別想有幸攀登的高峰，但這位未成年人有個父親，而這個父親一狀告上，於是我也就只好對不起肯恩。他找了個滿像樣的律師，結果宣判無罪。

「你看來棒透了。」我告訴他。

「菸酒加上眾多美男，想不年輕也難。」

「看過這個年輕美男嗎？」我把報紙剪照丟在吧台上。他看一看，然後還給我。

「有趣。」

「你認得他？」

「是上禮拜撒野的那個傢伙，不是嗎？好噁心。」

「對。」

「你又是怎麼扯進來的？」

「一言難盡。在這兒看過他嗎，肯恩？」

他兩肘支在吧台上，兩手撐出個V形，然後把下巴擱進凹口。「我說有趣，」他說，「是因為《郵報》登這照片時，我就覺得好眼熟。我記人體的某些部位特別有一套，臉孔也包括在內。」

「你以前見過他。」

「我是那麼想過啦，現在我可以百分之百的肯定。你何不買兩杯酒咱們喝喝，我好一邊兒梳理梳理我的記憶。」

我抽張鈔票擺上吧台。他為我倒杯波本，為他自己調了杯橘色的酒。他說：「我不是在拖時間，馬修，我是要回想那張臉的主人做了些什麼事。我知道我很久沒看過他。」

「多久？」

「至少一年。」他啜啜飲料，直起腰，闔上眼睛。「最少也有一年，我現在記得很清楚了。很有魅力，很年輕。他來這兒的第一次，我問他要身分證，他好像一點也不奇怪，大概是習慣了別人跟他要年齡證明。」
「他那時候只有十九歲。」
「呃，要說是早熟的十六歲也有人相信。有幾個禮拜他幾乎每晚都來這裡，然後我就沒再看過他了。」
「我猜他是同性戀。」
「呃，他總不會是來這兒釣女人的吧？」
「他有可能只是好奇才來這兒逛逛的。」
「話是不錯。是有不少人抱著這種心態來這兒，不過小理可不。他酒量很小，你知道。他點杯伏特加，可以喝到冰塊溶化。」
「這種顧客還是愈少愈好。」
「唔，他們年輕貌美的時候，你不會在意他們花錢太少。他們是我這兒的最佳室內擺飾，你知道。他們可以招徠顧客。從看人的逛逛心態演變成被看的室內擺飾？不，不是這樣，咱們這小夥子絕對不只是看看就算了。來這兒的每個晚上，他都讓人帶出場去。」
他移到酒吧的另一端，幫人添酒。他回來時，我問他他自己有沒有帶范得堡回家過。
「馬修小親親哪，如果我帶過的話，我不會花那麼久時間回想吧？」
「很難說。」
「去你的！你錯了，那時候剛巧碰上是我的一夫一妻期。小子你眉毛別挑得那麼老高好不好，怪難看的。我承認我可能有點禁不住誘惑，不過他雖然秀色可餐，畢竟不是我喜歡的那一型。」

「我還以為他就是。」

「噢，那你顯然並不了解我是吧，馬修？我偶爾喜歡打幾隻童子雞吃吃，這我承認。老天明鑒，這本來就不是什麼天大的機密。不過光年輕還吸引不了本人，你知道。得是腐化的年輕。」

「哦？」

「青澀的墮落散發出糜爛的光華，年輕的果實在枝頭亂顫。」

「你可以寫詩了。」

「可不是嗎？不過理查完全不夠格，他天真得叫人不敢侵犯。就算你是他今晚的第八個，你還是會覺得你在勾引處男。而這，親愛的老兄，這種遊戲我可不愛玩。」

他又為自己調了杯酒，拿找我的零錢付帳。我的波本還剩不少。我說：「你說什麼今晚的第八個，難道他賣肉？」

「不可能。他喝的酒永遠有人搶著付帳，不過他一晚頂多也只能喝個一杯。不，他沒有過拉客的打算。」

「那他是想多找幾個，通宵狂歡囉？」

「也不對，我看他好像只想一晚一個。」

「然後他就不再到這兒來了，為什麼呢？」

「也許他開始對這兒的室內擺飾有意見。」

「他有沒有特別跟誰常出去？」

肯恩搖搖頭。「從來沒跟過同一個。我記得他好像連著三個禮拜左右常到這兒，總共來了十七、八次，每次身邊都換張新臉孔。這種情形滿常見的，你知道。很多人就愛變化，尤其年輕人。」

「他是不再來這兒以後，才開始跟溫蒂．漢尼福同住的。」

「大概吧，不過時間上我就不確定了。」

「他為什麼會跟女人同居，肯恩？」

「我其實不算認識他，馬修。而且我也不是心理醫生。我有過心理醫生，不過咱們現在討論的好像不是這個話題。」

「一個男同性戀為什麼會跟女人住在一起？」

「天曉得。」

「講正經的，肯恩。」

他的指頭開始敲起桌面。「講正經的？好吧。他可能是雙性戀，你知道。這你也不是沒聽過吧，都什麼時代了。每個人都來這套，就我所知。異性戀想試試跟同性上床合不合口味，同性戀想實驗看看跟異性做愛的滋味。」他誇張的打個呵欠。「我恐怕只是個沒藥可救的保守派。一個性別對我來說已經夠複雜了，兩個都來我可招架不住。」

「還有別的解釋沒？」

「沒有。如果我認識他的話就好辦了，馬修。不過他對我來說，只是一張漂亮臉孔。」

「有誰認識他？」

「誰又真的認識誰了？要說有點認識的，應該是帶他上床的人了。」

「誰帶他上過床？」

「我又不是計分員，親愛的。再說最近幾個月這兒又換了不少新面孔。老顧客有不少都另闢戰場，找更嫩的草去了。我們這陣子來了不少流裡流氣的阿飛，一個個皮衣皮褲。」講起這個他眉頭就攢起來，可是一想到皺眉容易起皺紋，他的臉孔又回復原狀。「這群蒼蠅真叫人不敢恭維，趕都趕不走。飛車黨的，不是虐待狂就是被虐狂。我可不希望有人死在酒吧裡，你知道，尤其是在下我自己。」

「怎麼不想個辦法呢？」

「老實跟你說吧，他們嚇得我屁都不敢放一個。」

我喝完我的波本。「有個簡單的辦法可以解決你的問題。」

「願聞其詳。」

「到第六分局找艾迪．柯勒副隊長談談。告訴他你的問題，請他來這兒突檢幾次。」

「開什麼鬼玩笑。」

「你考慮看看。塞點錢給柯勒，他會安排幾次臨檢，叫你的飛車朋友吃不了兜著走。你什麼罪名都不會有，賣酒執照也不會吊銷。飛車黨跟一般人一樣，也受不了警察一再騷擾，他們會找別的地方去鬧。當然你的生意頭幾個禮拜難免會受到影響。」

「反正已經受到影響了。那幫小騷貨只喝啤酒，而且不給小費。」

「那你就沒什麼好損失了。只要再過個把月，你的顧客群又會合你的意了。」

「你可真夠毒的，馬修。我看搞不好還真行得通。」

「應該可以。而且不必太佩服我，這已經是行之有年。」

「你說五十塊夠嗎？」

「應該夠。差不多是我以前在警方時的價碼，不過最近什麼都漲，紅包也一樣。如果柯勒想要更多，他會讓你知道。」

「這我相信。呃，倒也不是我從沒付錢給紐約的人民保母。他們每個禮拜五都固定來收錢。聖誕節得花我多少，說出來你一定不信。」

「我信。」

「不過我給錢一向也只是為了生意能做下去，我可不曉得還能請他們助我一臂之力呢。」

「警察也得多開幾道門來做生意啊。」

「有道理。我大概會試他一試。來，我請你一杯，謝謝你的錦囊妙計。」

他往我杯裡倒了滿滿一杯。我舉起杯子，眼睛貼在杯口上方朝他看。「還有件事你可以幫我忙。」我說。

「哦？」

「幫我打聽一些理查·范得堡的事情。我知道你不願意講名字，這我完全了解。不過看看你能不能問出他是什麼樣的人，我會很感激。」

「不要寄望太高。」

「我不會。」

他手指叉過他美麗的金髮。「你真的在乎他是什麼樣的人嗎，馬修？」

「是的，」我說，「我的確在乎。」

也許是因為造訪了太多有名無實的同性戀酒吧，我不確定，總之去搭地鐵的路上，我停在公共電話亭旁邊，從記事本裡翻出一個號碼。我丟個銅板撥了號。她喂一聲後，我說：「伊蓮嗎？馬修·史卡德。」

「哦，嗨，馬修。你還好嗎？」

「馬馬虎虎啦。現在去妳那兒方便嗎？」

「歡迎。給我半個鐘頭行嗎？我正要淋浴。」

「沒問題。」

我叫杯咖啡和小麵包，邊看《郵報》。新任市長指派副市長，老出問題。他的調查團發現，他提名的一個個理想人選，都逃不了貪污嫌疑。有個很明顯的解決辦法他遲早總會想到：他得解散調查團。

昨天的報紙出刊後，又有幾個市民互相殘殺。兩名值完勤的巡邏警員，在伍德賽區一間酒吧喝了幾杯酒後，拔起警槍決鬥，結果一死一重傷。一男一女因為虐待兒童，服刑九十天後出獄，他們上訴要求取回他們小孩的監護權，結果竟然勝訴——孩子在養父母家已經住了三年半之久。一名少年的裸體軀幹，在東五街一棟出租公寓的屋頂經人發現。有人在他胸上刻了個X，我們可以假設是截掉他四肢的那人幹的。

我把報紙留在桌上，叫輛計程車。

她住在第一和第二大道之間的五十一街上，是棟滿好的建築。門房確定她在等我之後，朝電梯點點頭，示意我上去。她就等在門口，穿條低腰的寶藍色緊身褲，套件檸檬青襯衫。她戴了副金色圓圈耳環，身上散發出一股濃烈的麝香味。

她把門關上後門好，我把外套披在一張現代感十足的塑膠椅上。她投進我懷裡，張嘴吻我，嬌小的身軀揉了上來。「嗯……」她說，「好棒。」

「妳看來不錯，伊蓮。」

「讓我仔細瞧瞧你。你也不壞啊，粗獷、飽經風霜，有你獨特的魅力。近來如何？」

「很好哇。」

「保持忙碌？」

「嗯。」

她的音響上擺了一疊室內樂。最後一張唱片才剛放完。我坐在沙發上，看著她走到唱機，把那疊唱片全部翻面。我暗自納悶，不知道她臀部一扭一扭是為了給我養眼，還是她天性如此。這疑問已經跟了我好久。

我喜歡這個採用大量原色的房間。純白的長毛地毯蓋住整個地板，光禿禿的現代家具實際上比它們的外表舒服，牆上幾幅抽象油畫。要我住這種房間我可不幹，不過偶爾過來坐坐倒是不錯。

「飲料？」

「現在還不要。」

她坐在我對面的沙發上，談到她讀過的書和看過的電影。她聊天很有一套，我想這也是幹她這行得會的技巧。

我們吻了又吻，然後我摸起她的乳房，一手擺在她圓滾滾的臀上。她性感小貓樣似的發出咪嗚咪嗚的聲音。

「上床吧，馬修？」

「當然。」

臥室很小，顏色比較暗。她打開一盞小巧的彩色玻璃燈，然後啪一聲關掉大燈。我們脫下衣服，一起躺在特大號的床上。

她溫熱、年輕、主動，柔軟的皮膚散出陣陣香氣，肌肉緊縮富有彈性。她的手和嘴動作靈活，但沒有達到預期效果，幾分鐘後我從她身上爬開，輕撫她的肩膀。

「放輕鬆些，小寶貝。」

「不行，今天不行。」我說。

「我該做些什麼特別動作嗎？」

我搖搖頭。

「喝太多了？」

不是。我腦裡想的事情太多放不開。「也許。」我說。

「這種事難免。」

「也許是時間不對。」

她笑起來。「對，你也有你的月經。」

「應該是。」

我們穿上衣服。我從皮夾抽出三張十塊，擺在梳妝檯上。跟往常一樣，她假裝沒有看到。

「現在要來一杯嗎？」

「欸，好吧。波本，如果妳有的話。」

她沒有。她有蘇格蘭威士忌，我只好退而求其次。她為自己倒了杯牛奶，我們一起坐上沙發，默默聽著音樂。我覺得非常放鬆，就跟做完愛沒兩樣。

「這陣子在工作嗎，馬修？」

「嗳。」

「呃，人人都得工作。」

「嗳。」

她從菸盒搖出一根菸，我幫她點上火。「你有心事，」她說，「問題就出在這裡。」

「也許吧。」

「絕對沒錯。想談談嗎？」

「不很想。」

「好吧。」

電話鈴響了，她到臥室去接。她回來時，我問她有沒有跟男人同居過。

「你是說跟皮條客？從來沒有，以後也不可能。」

「我是說跟男朋友。」

「從來沒有。我們這行交的男友說起來很好笑，他們到頭來一定都是皮條客。」

「真的嗎？」

「不蓋你。我認識好多女孩。『噢，他不是皮條客，他是我男朋友。』結果搞半天他好像永遠都失業，在找工作；好像求職是他的終身職，而她得負擔所有的家計。不過他可不是皮條客，只是男朋友。她們自欺欺人的功夫都很到家，那些女孩。這我做不來，所以我連試都不試。」

「妳看得很清楚。」

「我可養不起男友。忙著存錢養老。」

「房地產，對不對？」

「嗯。皇后區的公寓房子。別人要玩股票是他們的事，我要的是我能摸得到、看得到的東西。」

「妳會當起房東，真好玩。」

「噢，我從來不見房客什麼的。有家經紀公司幫我打點。」

我在想會不會是保多房產經紀，但我沒問。她問我還想不想上床試試。我說不想。

「不是要趕你走，不過有個朋友四十分鐘內要過來。」

「沒問題。」

「再來杯酒吧。」

「不用，我該上路了。」她陪我走到門口，幫我拿著外套。我吻她一下。

「下回別又是隔好久才來。」

「保重了，伊蓮。」

「嗯，我會的。」

10

禮拜五早上天高氣爽。我在百老匯大道的歐林租車公司租輛車子，然後開上東緣大道出城。車子是雪佛蘭，小小的車身不太穩定，碰到彎道時得小心伺候。我想這種車大概滿省油的。

我開上新英格蘭高速公路，經過沛罕和拉其蒙到瑪瑪榮內克。我在加油站問路，幫我加滿油的小夥子不知道休勒大道在哪裡。他進店裡問他老闆，結果老闆親自出來告訴我方向，他也曉得卡力歐卡餐廳。十二點二十五分我把雪佛蘭停在餐廳的停車場，然後走進雞尾酒吧間。我坐在黑色塑膠貼面吧台尾端的一張塑膠椅上，點杯加了波本的咖啡。咖啡很苦，是前一天晚上剩的。

咖啡喝了一半，我抬眼看到她遲疑的站在餐廳和雞尾酒吧之間的拱門旁邊。要不是早知道她跟溫蒂·漢尼福同齡，我會以為她要再大個三、四歲。黑色及肩長髮圈了張鵝蛋臉。她穿條黑色格子呢長褲，珍珠灰毛衣底下暴挺出兩只巨大的乳房。她肩上掛了個很大的棕色皮包，右手拿根菸。她看到我不是很高興。

我等著她過來，猶豫一會兒之後她過來了。我緩緩側過頭看她。

「史卡德先生？」

「塔爾太太？要找張桌子坐嗎？」

「噯。」

餐廳人不多，領位的把我們帶到後頭一張隱蔽的桌子。這房間裝潢太過，煞費周章的要布置成某人腦中佛朗明哥舞的格調，太多的紅、黑和冰藍色。我把我苦澀的咖啡留在吧台上，點杯波本，外加一杯開水騙酒。我問瑪西雅．塔爾要不要也來一杯。

「不了，謝謝。等等。嗯，我想我還是叫一杯好了。沒理由不喝吧？」

「我也想不出理由。」

她越過我看著女侍，點了杯威士忌雞尾酒加冰塊。她的視線迎上我的，移開，又轉回來。

「到這兒我不是很情願。」她說。

「我也一樣。」

「這是你的主意。你把我制得死死的，對不對？強迫別人照你意思做，一定是你的最大嗜好。」

「我從小就愛拔蒼蠅翅膀。」

「我一點也不奇怪。」她想狠狠瞪我一眼，可是卻忍不住笑了起來。「唉。」她歎道。

「妳不會給拖下水的，塔爾太太。」

「希望如此。」

「保證不會。我只是想多了解一點溫蒂．漢尼福的過去，我可不想破壞妳的家庭。」

我們的酒送來了。她拿起她的，仔細端詳起來，就好像這輩子從沒見過那玩意。我看那不過是杯最普通的威士忌雞尾酒。她啜一口，放下杯子，挑出裡頭的櫻桃一口吃掉。我啜了點波本，等她開口。

「妳要的話可以點些吃的。我不餓。」

「我也不餓。」

「我不知道從何說起，真的不知道。」

事實上，我也不確定該從何問起。我說：「溫蒂好像一直沒做事。妳剛搬去和她住的時候，她有工作嗎？」

「沒有。可是我當時不曉得。」

「她當時跟妳說她有工作？」

她點點頭。「但每次提起工作，她都含糊其詞。老實說，我也不是很留心聽。我對溫蒂有興趣只是因為我能跟她合租，月租一百。」

「她只跟妳收那麼多？」

「對。當初她告訴我公寓月租兩百，我們平攤。我沒看過租約，所以難免假設我付的大概比一半要多些。這我無所謂，家具全是她的，而且對我來說已經夠便宜了。在那之前我住福音小築，你知道那地方嗎？」

「西十三街？」

「沒錯。是人家介紹我去的，適合單獨在大都市討生活的年輕女性，環境單純。」她扮個鬼臉。「他們有宵禁之類的規定，說起來實在滿可笑的。我跟一個女孩合住一個小房間，她好像是浸信會教徒，一天到晚禱告，而且我們不准有男性訪客。住那兒實在單調乏味得很，房租又跟我後來付給溫蒂的差不多，所以就算她多收我的，我也不在意。我是到後來才發現公寓的租金遠不只兩百塊。」

「而她又沒在工作。」

「對。」

「妳有沒有想過她的錢到底是哪裡來的？」

「原本沒有。我慢慢才開始發現她好像從來不用出去上班。我提起來，她會承認她在找工作。她說她有錢，如果一、兩個月找不到事也無所謂。哪曉得她根本沒在找事。我下班回去後，她會提到職業介紹所還有面談什麼的，我給唬得死死的。」

「她是妓女嗎？」

「用這字眼好像不太對。」

「怎麼說？」

「她是從男人身上拿錢沒錯。我猜她大概公寓起租以後就是這樣，不過很難說她算不算妓女。」

「妳是什麼時候開始覺得情況有異？」

她拿起酒，再啜一口。她放下杯子，指尖不斷揉搓前額。「是慢慢發現的。」她說。

我等著。

「她常約會，跟年紀大很多的男人，不過我一點也不奇怪。而且通常，呃，她跟她的男伴都會上床。」她垂下眼睛，「我也不是好管閒事，但這種事不可能沒感覺。那公寓她睡臥室我睡客廳，客廳有張沙發床——」

「我看過公寓。」

「那你應該知道公寓的格局。要進臥室，一定得穿過客廳，所以如果我在家的話，她會帶著她男伴穿過我房間到臥室裡，他們會在裡頭待上半個、一個鐘頭，然後溫蒂會送他到門口，要不就是他獨自出去。」

「妳會不自在嗎？」

「你是說她跟他們上床？不，我不會，我該不自在嗎？」

「不知道。」

「我搬出福音小築有個原因是我不願意像小孩一樣處處受限。我已經不是處女。溫蒂帶男人到公寓，就表示我要的話也可以。」

「妳帶過嗎？」

她臉紅起來。「當時我還沒有特別知心的男友。」

「妳曉得溫蒂濫交，但妳不知道她拿錢？」

「當時是不知道。」

「她跟很多不同的男人交往？」

「我不太清楚。有幾回我看到的都是同一個男人，尤其剛開始的時候。其實我常常都沒碰到她男伴，因為我大部分時間都不在公寓。要不就是我回到家時，她已經跟人進了臥室，而我有可能出去喝杯酒什麼的，回來時他已經走了。」

我端詳起她，她把視線移開。我說：「妳應該是打開頭就起疑心了，對不對？」

「我不懂你的意思。」

「那些男人有點特別。」

「也許吧。」

「怎麼個特別法？都長什麼樣？」

「年紀大，當然，不過我一點也不奇怪。而且他們都西裝革履的，呃，商人、律師、專業人員之類的。而且我覺得大多是已婚男人。說不出為什麼，我就是有那種感覺，很難解釋。」

我又點一次酒，她慢慢鬆弛下來。圖像開始補白成形。溫蒂出門時她接了些電話——對方留下她得負責轉達的暗語。有個晚上溫蒂不在家時出現了個酒鬼，他告訴瑪西雅她也可以勝任，還跟她笨手笨腳的調情。她好不容易把他打發走，但仍然沒有意識到溫蒂的男伴是她的經濟來源。

「我還以為她只是行為不檢，」她說，「我不是自命清高，史卡德先生。那時候我可以說是往反方向極端發展——我說的不是行動，只是我對事情的看法。我受夠了福音小築那些正經八百的處女，所以我對溫蒂的感覺變得滿複雜的。」

「怎麼說？」

「我覺得她的做法好像不對，因為那對她的心理會有負面影響，你知道，負面的自我評價。因為真正的她其實非常天真。」

「天真？」

她啃起指甲。「我不知道該怎麼解釋。她有那種小女孩的味道。我覺得她不管性生活多亂，心裡永遠都只是個小女孩。」她想一想，然後聳聳肩。「總之，我覺得她的行為有自毀傾向，遲早會受到傷害。」

「妳不是指身體傷害。」

「不，我是說感情上。不過我也得承認我滿羨慕她的。」

「因為她自由？」

「對，她好像完全沒有顧忌。在我看來，她一點罪惡感也沒有，完全是想做什麼就做什麼。我羨慕她這點，因為我認同這種自由，至少我自以為認同，可是我沒辦法做到。」她驀的咧嘴而笑。「我羨慕她，也是因為她日子過得比我要多采多姿。我是有約會，但沒什麼意思。約我的男孩年紀都跟我差不多，又沒什麼錢。溫蒂外出晚餐去的都是大飯店，而我就只能去小館子。所以我實在沒法不羨慕她。」

她起身表示要上洗手間。她走後，我問女侍有沒有新鮮咖啡。她說有，於是我點了兩杯。我坐在那兒等瑪西雅．塔爾回座，心想溫蒂當初為什麼想找室友，尤其對方又不清楚她的營生。一個月一百塊，這動機實在不足。何況照瑪西雅剛才的描述，室友對她賣肉的生涯顯然會造成種種不便，而這當然遠非瑪西雅提供的小額進帳所能彌補的。

她回座時，女侍剛好端了咖啡過來。「謝謝，」她說，「我開始感到酒力了，是需要喝點這個。」

「我也是，待會兒還得開長途車回去。」

她拿出一支菸，我擦根火柴為她點上。我問她是怎麼發現溫蒂上床要收錢。

「她跟我講的。」

「為什麼？」

「媽的，」她說，吐出一線煙霧。「她就是告訴我了，可以嗎？別再問了。」

「統統說出來，對妳對我都好。」

「你憑什麼認為還有別的好講？」

「她怎麼做？把她一個男伴推薦給妳？」

她的眼睛噴出怒火。她閉閉眼，猛吸一口菸。「差不多就是那樣，」她說，「不完全是，不過滿接近了。她告訴我她有個朋友的生意夥伴從外地來，問我想不想跟那人約會，我們可以來個四人行。我說恐怕不好，於是她就開始講起我們可以一道欣賞精采表演，然後吃大餐什麼的。然後她又說：『別傻了，瑪西雅。妳會玩得很開心，而且可以賺幾個錢。』」

「妳怎麼反應？」

「呃，我沒嚇到。所以我大概是老早就起疑心了。我問她這話什麼意思——當時問那種問題實在很蠢，於是她說跟她約會的男人都很有錢，而且他們也知道年輕女孩討生活不太容易，所以分手前，他們通常都會給錢什麼的。我說那跟妓女有什麼兩樣，她說她從沒開口跟男人要錢，不是那樣，不過他們總是會給她一些。我想問多少，但沒問出口，結果她還是講了。她說至少二十，有時候有人甚至出一百。今晚她約會的對象一向給五十，她說，所以如果我跟著去，那就表示他的朋友應該也會給我五十。她問我這錢是不是很好賺——我們有表演可看，有大餐可吃，然後只要花半小時陪個高貴有禮的紳士上床就好了。她就是那麼說的。『高貴有禮的紳士』。」

「約會結果怎麼樣？」

「你這麼肯定我去了？」

「妳去了，不是嗎？」

「我當時週薪八十，又沒有人帶我去吃大餐，或者看百老匯表演。我連個我願意做愛的對象都沒碰到。」

「那個晚上妳玩得愉快嗎？」

「不愉快。我腦裡只有一件事：我得跟這個男人睡覺。而他又那麼老。」

「多老？」

「不知道。五十五、六十吧，我最不會猜年齡。總之我只知道，他對我來說太老。」

「不過妳還是沒藉故溜掉。」

「沒有。我已經同意要去，而且我不想掃他們的興。晚餐很棒，我的男伴非常殷勤。可是表演我一點也沒心情看，沒辦法。我一想到晚上的壓軸戲就焦慮不安。」她頓一下，眼睛盯住我的肩膀上方。「是的，我跟他上床，是的，他給了我五十。是的，我也收下了。」

我喝下一些咖啡。

「你不打算問我為什麼要收下那錢？」

「我該問嗎？」

「我要那骯髒錢，我想知道那感覺怎麼樣——當個妓女。」

「妳覺得妳是妓女嗎？」

「我幹的不就是妓女的行當嗎？我讓男人操我，然後收了他錢。」

我沒說話。一會兒之後她說：「管他去的，索性都說出來好了。我後來又做過幾次，大概平均一個禮拜一次。我不知道為什麼，不是為錢，不完全是。或許可以說……不知道，算是實驗吧。我想知道我對這種事有什麼感覺。我想……了解我的某一面。」

「妳了解到什麼？」

「我了解到我比我想的還要保守，我了解到我不喜歡我在我腦裡黑暗的一角不斷看到的東西，我了解到我想過個比較，呃，乾淨的生活。我想談戀愛，然後結婚生子，傳統的那一套我都要。繞了一大段路，我才知道這是我要的。有了這個結論以後，我就知道我非搬不可。我不能再跟溫蒂住下去了。」

「她有什麼反應？」

「難過得不得了。」回想到這點，她的眼睛睜大起來。「我滿意外的。我們其實不親，至少我從來不覺得我們有多親。我沒跟她講過心裡話，她對我也不是推心置腹。我們常在一起，尤其是我開始接待男伴以後，而且我們聊很多，不過都是很表面的事。我覺得我住不住那裡她應該都無所謂。我告訴她我得搬出去，也講了原因，沒想到她反應那麼強烈，還求我再待下去。」

「有意思。」

「她告訴我，她可以分擔更多房租。我就是那時候才發現她付的錢一直都是我的兩倍。我想如果我要的話，她大概會讓我免費住下去。而且她也提到我不需要接待男伴，說是如果我不自在的話，就不要再做。她甚至提議，她會把她的活動限制在我上班的時間——事實上，她很多男伴都是晚上沒法從家裡脫身的生意人，他們也只能下午過去，我搞那麼久才知道真相，這是原因之一。她說晚上的男伴得帶她上旅館或什麼的，還說我下班以後公寓就是我們兩個的，不會有別人。但她沒搞懂，我非得完全脫離那種生活不可。因為那對我誘惑太大，你知道。我當時賣命工作週薪才不過八十，辭職不幹開始變成很大的誘惑。會起這種念頭，我覺得非常害怕。」

「所以妳搬出去了。」

「對。我打包離開時，溫蒂哭了。她不斷說她不知道沒有我的日子她該怎麼過。我告訴她，她要找室友絕對不難，該找個比較能適應她生活方式的人。她說她不要太能適應的人，因為她不只是一重人格。我當時沒聽懂。」

「妳現在懂了嗎？」

「大概吧。我想她是需要一個比她稍微保守的人，能跟她濫交的性生活保持距離。回想起來，當初我同意和她一起赴約，她好像有點失望。她使出渾身解數說服我，可是我答應以後她卻有點不對勁。你懂我意思？」

「大概吧。她這種表現也跟其他一些事情連得上。」瑪西雅先前提到的某件事一直在煩著我，我打開我的記憶庫，四處翻撿搜索。「妳說過她跟年紀大的人約會，妳一點也不奇怪。」

「對。」

「為什麼？」

「呃，因為學校發生的事情。」

「學校發生了什麼事？」

她攢起眉心沒說話，所以我又問一次。

「我不想給別人帶來困擾。」

「她在學校捲入桃色糾紛？跟年紀大的男人？」

「我說過我跟她不熟，只是點頭之交，我們好像哪個學期一塊修過一、兩門課，不過談不上認識。」

「她畢業前幾個月離校，就是因為那事？」

「那事我其實知道的不多。」

我說：「瑪西雅，看著我。那件事就算妳不說，我也可以查出來。只是妳可以幫我節省很多時間跟精力。我實在不想大老遠跑到印第安納找一缸子人問一缸子尷尬的問題。我──」

「噢，千萬不要！」

「我也不想，不過這要看妳了。」

她的資料支離破碎，主要是因為她所知有限。溫蒂離校前沒多久鬧過醜聞。她和教藝術史的一個中年教授有了婚外情，他的孩子跟她差不多年紀。他想離開他太太，娶溫蒂為妻。結果那位太太吞下大量安眠藥，給緊急送醫洗胃，保住了一條命。接下來自然是謠言滿天飛，轟動整個校園，溫蒂只有收拾行李離開。

據學校謠傳，這已經不是她第一次和年長的男子發生關係。她的名字曾經和好幾個教授扯在一起，他們全都比她年長許多。

「我敢說有不少加油添醋的說法，」瑪西雅．塔爾告訴我。「我覺得她不可能跟那麼多男人發生關係，還能瞞著大家那麼久。不過那次事情爆發以後，有關她的流言就愈傳愈多。我想總有一部分是真的吧。」

「所以當初妳要搬到她那兒時，就已經知道她作風大膽。」

「我跟你講過，她的放蕩我一點也不在乎，跟很多男人睡覺我不覺得有什麼不對——只要她想，有何不可？」她考慮了一下這句話。「現在我的想法是有了改變。」

「這個教藝術史的教授叫什麼名字？」

「這我拒絕回答，不重要。也許你查得到。應該可以，不過我不想講。」

「是叫考特瑞嗎？」

「不是。」

「在紐約，她認不認識什麼叫考特瑞的人？」

「沒有吧，這名字我一點印象也沒有。」

「有沒有哪個人她固定見面？比別人要熟？」

「沒有吧。當然下午她是有可能常跟某個人約會，不過我不會曉得。」

「妳看她大概賺多少錢？」

「不知道，我們不太談這個。我想她的價碼應該是三十左右，平均下來不會超過這個數字。很多男人給她二十。她提過有男人給她一百，不過我想那是少數裡的少數。」

「妳看她一個禮拜大概接幾次客？」

「我是真的不曉得。有些人她也許一個禮拜見三次，也許四次。不過白天也有人找她。她不想賺大錢，只要夠她過她想過的生活就行了。她常拒絕人家，一個晚上絕不超過一個客人。而且節目也不一定排滿，吃晚餐看表演統統來。有時男人過來，她就直接跟他上床。不過她回絕不少人，要是跟誰合不來，就不會再有下一次。而且如果約見的生人她不喜歡的話，上床一定免談，當然對方也不會付錢。還有些人是跟別的男人要到她電話，她會跟他們出遊，不過如果不合意什麼的，呃，她就會推說頭痛回家。她沒打算當富婆。」

「看來她一個禮拜應該可以賺個幾百塊。」

「差不多吧。比我賺的當然是多多了，不過長遠看來其實也還好。我覺得她做這行不是為錢，如果你懂我意思的話。」

「我恐怕不太懂。」

「人盡可夫，她樂在其中。」說這話時她臉紅起來，「她熱愛她的工作，真的。這種生活還有男人還有其他種種，我覺得她需要那種刺激。」

我從瑪西雅．塔爾身上得到的比我預期的要多，也許不用再多。

你得適可而止。你永遠不可能查出所有真相；不過你永遠可以查到比已知的多，而你得知道從哪一點開始你問到的資料於事無補，你花掉的時間都是白費。

我可以飛到印第安納，我會得知更多，不用說。但完事以後，我不認為我知道的一定比現在還多。我可以問出名字和日期，我可以找不同的人問他們各自對溫蒂．漢尼福的看法。但我能為我的客戶多要到什麼呢？

我招手示意結帳。女侍算帳的時候，我想到凱爾．漢尼福。我問瑪西雅．塔爾，溫蒂有沒有常常提到她父母。

「有時候她會談到她父親。」

「她說了他什麼？」

「哦，猜測他是什麼樣的人之類的。」

「她覺得她不了解他？」

「噢，當然囉。他在她出生前就死了，她怎麼可能了解他？」

「我說的是她繼父。」

「噢。沒有，我記得她從沒談過他，只除了隱約提過她該寫信給他們，讓他們知道她一切都好。她說過幾次，所以我猜她大概一直在拖。」

我點點頭。「她是怎麼說她父親的？」

「不太記得，只有個印象她好像把他神化了。有回我們在談越南，她說不管那場戰爭是好是壞，去打的畢竟都是好人，另外她還講到她父親是怎麼死在韓戰。她好像說過：『如果他還活著的話，我想一切都會很不一樣。』」

「怎麼個不一樣？」

「她沒說。」

11

兩點過後不久，我把車交還歐林公司。我進餐廳叫份三明治和檸檬派，然後翻閱筆記，看看能不能把已知的資料串連起來。

溫蒂·漢尼福對年長男子情有獨鍾。如果想要的話，大可照心理學的說法，把這歸因於她對她從未謀面的父親的一種情感轉移。念大學時，她意識到自己的魅力，跟幾個教授發生關係。其中一個為她陷得太深，出了意外，事情鬧開以後，她捲了鋪蓋獨自來到紐約。

紐約有很多年長男子，其中一個帶她去了邁阿密海灘。她租公寓的時候，同一人，或者是另一個，提供她工作證明。而這一路下來，一定有過許多年長男子帶她出去晚餐，塞個二十塊給她坐計程車，在她的五斗櫃上留下二十或三十或五十塊。

她一向不需要室友分擔房租。她補貼瑪西雅·馬索，跟她收的房租遠不及一半。她也有可能補貼理查·范得堡；而她找他當室友，動機或許跟她當初邀瑪西雅同住是一樣的——也跟她懇求瑪西雅留下的理由一樣。

因為這是個孤寂的世界，她一向是孤孤單單的活著，只有亡父的鬼魂跟她作伴。她得到的男人，對她有吸引力的男人，都屬於其他女人——是和她春宵一度後都得回家的男人。她需要有個在貝頓街公寓同住，但不會想和她上床的人，一個可以當好朋友的人。先是瑪西雅——而瑪西雅同意和她雙雙赴約時，溫蒂不是有點失望嗎？我想沒錯，因為她雖然找到約會的同伴，但相對的，她卻失去了純真世界的伴侶——瑪西雅在溫蒂身上感覺到的純真。

然後來了小理，他或許是更恰當的搭檔。小理，羞怯而又沉默寡言的男同性戀，他為她美化居家環境、煮大餐吃、帶給她家的溫暖；但他衣服擺在客廳，和她分房而睡。而她相對的也提供理查一個家，她給了他女人能給的慰藉，但不像其他女人一樣有性的需索。他搬去和她同住，從此不再光顧同性戀酒吧。

我付帳離開，沿著百老匯大道一路走回旅館。一個紅著雙眼睛、衣衫襤褸的乞丐擋住我的去路，想知道我有沒有多出的零錢給他。我搖搖頭，衝著他直走，他立刻閃到一邊，一副想鼓起勇氣，罵我一聲幹的模樣。

這事我還想多深入？我可以飛到印第安納，在溫蒂學到如何定義她自己的那個校園到處招惹人厭。我可以輕易得知和她的關係爆出如此戲劇化結果的教授姓啥名誰。我可以找到那名教授，不管他是不是還在那所學校。他會跟我談，我可以強迫他跟我談。我可以一一訪談其他跟她睡過覺的教授，其他認識她的學生。

但他們又能告訴我什麼我不知道的事情？我不是要寫她的傳記，我只是想了解「真正的溫蒂」，好對凱爾．漢尼福有個交代，告訴他她是什麼樣的人，而她又是為什麼變成那樣。我手頭的資料應該已經可以輕易做到這點，我不需要到印第安納訪查更多。

現在只有一個問題。憑良心說，我跟漢尼福的安排不只是為了規避偵探執照法以及逃稅。他給我的錢是禮物，正如我給柯勒和潘考和郵局職員的一樣。為了回報他的餽贈，我要幫他的忙，正如他們幫我一樣。我不是在為他工作。

所以我不能因為已經取得凱爾．漢尼福需要的解答，就放手不管。我自己也有一、兩個問題，但答案尚未完全揭曉。我有了大半解答——至少我是這麼認為——但仍有幾處空白需要填滿。

8

我走進去時，文生坐在櫃檯。不久前他給我不少臉色，現在他還不確定我有沒有記恨在心。我才給了他一張十塊錢的聖誕節禮金，這應該已經充分表明我是寬大為懷，但我靠近時他還是會不由自主的縮縮身子。他現在縮了一縮，然後遞上我房間的鑰匙以及一張肯恩的留言條。上頭寫了個我能聯絡到他的號碼。

我從我房間打去。「噢，馬修，」他說，「真高興你打來。」

「有什麼問題嗎？」

「沒問題啊。我只是忙著在享受今天的休假。休假和坐牢，二選一，而我對牢房一向都沒多大興趣。我敢說一進裡頭，準保會留下生動不快的回憶。」

「我聽不懂。」

「我講話有那麼曖昧嗎？我聽了你的話，跟柯勒副隊長談過。我的店預訂今晚某時要遭到突襲。俗話說得好：事前有準備，到頭不吃虧。所以我已經做好準備工作，要我一個酒保今天下午和晚上幫忙看店。」

「他知道為什麼嗎？」

「我還沒那麼壞，馬修。他知道他會坐牢，也知道他很快會被保釋出獄，而且不消多久就可以宣判無罪。他也曉得走這趟路，口袋裡可以多五十塊錢。我自己哪，老實說，就算給我十倍的價錢，我也不願意灰頭土臉的給揪送法辦。不過俗話說得好：人之不同，各如其面。嗯，還有啊，你那位柯勒副隊長滿合作的，只不過他跟我收了一百塊，比你說的要多五十。我沒跟他討價還價應該沒錯吧？」

「應該沒錯。」

「我也是那麼想。總之，如果事情有了結果，這價錢只是小意思而已。你不介意我提了你名字吧？」

「一點也不。」

「這樣我以後找他辦事應該就方便多了。不過這一來我就欠了你的情，在下我打算馬上奉還。」

「理查．范得堡的事你有了消息？」

「賓果。我在一家地下酒吧花了好幾個小時，問了好多一針見血的問題。你知道，休士頓街那家？」

「不知道。」

「是我最愛的地下酒吧。有興趣的話，哪天晚上我帶你過去坐坐。」

「再說吧。你問到什麼？」

「呃，我想想。我到底問到什麼？我跟三個紳士談過。他們回憶起是怎麼把我們的星星王子帶回家喝牛奶、吃餅乾。我還跟另外幾個也很想發誓做過同樣好事的男人談過，不過他們的記憶霧濛濛的不太清楚，很不幸。我說過他應該不是男妓，看來的確不假。他從沒跟人要過錢，有個傢伙說他想塞些錢給理查坐計程車回家，但小夥子硬是不要。出淤泥而不染，你說是不是？」

「嗯。」

「現在這個年頭尤其難得啊。事實部分全講完了，剩下的就是印象了，不過我想你最有興趣的大概就是這個。」

「對。」

「看來理查不是什麼性感小貓。」

「嗄？」

他歎口氣。「小男生不太喜歡性，技巧也不甚高明。我想不是因為膽子不夠，雖然他的確是神經緊張兼焦慮不安。說來應該是因為他對床上那套作業無法苟同，而且性本身也沒帶給他多大樂趣。而且他拒絕親密關係。髒的那套他會乖乖做完沒有怨言，不過你可不能握著他的手或者摸他肩膀。這種事也不是沒聽過嘛，你知道，就有那種同性戀，只要高潮不要愛。他們所有的朋友都注定了只能做完就算。不過他好像連性交都沒法享受。」

「有意思。」

「我就知道你會這麼說。還有哪，只要一做完，理查就會巴巴的趕著上路。不是過夜型，連留下來多喝一杯咖啡跟白蘭地都不肯。就是砰——蹦——謝了——先生，然後拍拍屁股拜拜。而且沒有興趣再續前緣。有個傢伙實在很想和星星王子重溫舊夢，不是因為性交愉快——一點也不，而是因為他大感好奇，以為再給個機會，他就可以戳破他硬繃繃的外殼。理查死不答應。誰跟他同床共枕過，誰就別想再跟他講話。」

「這三個男人——」

「不給名字，馬修。我有我的原則，俺是有的。」

「我對他們的名字沒興趣，我只不過想知道他們是不是同一型。」

「哪方面？」

「年齡。他們年紀都差不多嗎？」

「差不多。」

「都是五十以上？」

「你怎麼知道？」

「只是猜的。」

「猜得好，依我看他們都在五、六十之間，年齡全寫在臉上，可憐蟲，跟我們這種在青春泉裡洗過澡的人真是沒得比。」

「嗯，全都說得通。」

「怎麼說？」

「一言難盡。」

「意思是要我滾蛋？我無所謂。只要知道我幫上忙了，我就已經心滿意足，別無所求。反正我也不需要多你這個故事，在我老掉牙的時候跟我孫子獻寶。」

12

艾迪·柯勒不在辦公桌。我留話要他回電，然後下樓到大廳的書報攤買份報。電話鈴響時，我正看到〈艾琵夫人信箱〉。

他謝謝我把肯恩介紹給他，但聲音聽來有點戒心。我已經不在警方，他用不著給我回扣。

我撤除他的戒心。「你可以幫我個小忙做回報。找個人打幾通電話，或者查查檔案。我自己大概也可以辦到，不過得花三倍的時間。」

我把要做的事跟他講清楚。要還我人情這對他來說再容易不過，於是他便欣然接受。他說他會再打來，我說我不出門，就等他電話。

一小時以後，幾乎一分不差，電話來了。考特瑞公司在松樹街上的客來漢大樓有過辦公室。該公司發行一份《華爾街通訊》達十二年之久，直到老闆過世才停刊。這個老闆名叫阿諾·里維，兩年半前過世。沒有什麼叫考特瑞的人跟公司有過關係。

我道聲謝掛斷。這算是圓滿的解釋，我一直找不到考特瑞是因為原本就沒這個人。里維在溫蒂·漢尼福的生命裡扮演過某種角色，應該是毋庸置疑的事，不過這角色是大是小，現在已經無從得知。除非藉助靈媒，我不可能找到他求證。

反正也沒事幹，我打了個長途到伊甸石，又找來那個經理。他還記得我。我問他是否可以幫我查個里維先生，而這回他花的時間要少多了，因為他一聽就知道該查哪些檔。如我所料，他們的記錄上指出，阿諾．里維夫婦從九月十四號到二十號都住在伊甸石。

我終於查到她生命中一個男人的名字。如果里維留下個寡婦，我可以跑去騷擾她，不過這樣做弊多於利，不必跑這趟無謂的差事。現在我可以忘了是誰帶她到佛羅里達，也不用一天到晚納悶那天殺的考特瑞是哪號人物。他不是個人，只是家公司，而且已經倒閉。

我繞過轉角到阿姆斯壯酒吧，坐在吧台。這天真是夠我受了，開車來回瑪瑪榮內克比我預計的還要累人。我打算今晚就坐在吧椅上，好好品嘗攙著波本的咖啡消磨時間，混到夜深再回房睡覺。

結果天不從人願。兩杯下肚以後我想到有件事該辦，沒法說服自己不辦。這樣做八成是浪費時間，不過我做的事其實全是浪費時間，看你從什麼角度看。顯然我裡頭有個什麼，命令我非得浪費時間不可。

搞半天結果其實不算浪費。

8

我在第九大道搭上計程車，一路聽司機抱怨汽油的價錢。這全是陰謀，他說，然後開始解釋起內幕。大石油公司都是錫安教徒在把持，經由減產他們可以影響大眾意見，鼓動美國和以色列聯合起來，強占盛產石油的阿拉伯土地。他甚至還找了個說法，把這跟甘迺迪的謀殺兜到一塊。我忘了是哪個甘迺迪。

「這是我的理論，」他說，「老兄你覺得怎麼樣？」

「是個理論。」

「聽來滿有道理的，不是嗎？」

「這方面我不太清楚。」

「嗯，當然，美國老百姓個個都跟你老兄一樣。一問三不知，啥事都沒人關心。隨便啥事拿來做民調，有一半的人都沒意見。沒意見！所以我說這個國家快完了。」

「我就知道是有個原因。」

他在第五大道和四十二街的圖書館前放我下車。我穿過石獅之間，拾級而上到了微卷室。我查查我筆記本上阿諾·里維的死亡日期，填在紙條上。一個眼神憂傷、穿著牛仔褲和格子襯衫的女孩把一捲影片交給我。

我把影片捲上掃描機，然後開始找。在微卷上看過期的《紐約時報》很難不分心。其他報導會吸引你的視線，浪費你的時間。但我強迫自己找到正確日期的訃文版，看到阿諾·菲立普·里維的訃文。

他沒占多少空間，四段，全都平淡無奇。他心臟病發，死在華盛頓港的家中，留下妻子與三個小孩。他上過某些學校，為某些股票經紀人做過事，然後一九五九年開辦一份《華爾街通訊》的《考特瑞每週分析》，死時五十八歲。只有最後這個陳述跟我的調查能沾上邊，而這點其實我早已推論出來。

不知道人的腦子是怎麼轉的。也許是眼角無意中瞄到別的報導，攪動了我腦裡的什麼。我不知道觸媒是什麼，而且是一直到離開微卷室，走下一半樓梯時我才意識到腦裡的騷動。我馬上轉身回去，找到一九五九年的《紐約時報》索引。

這是里維開辦他那份《通訊報》的年份，所以觸媒或許就是這個。我翻閱索引，得知馬丁・范得堡太太正是這年過世。

我其實沒有預期會看到訃文。她只是個牧師娘，而他又沒什麼名氣，不過是布魯克林蠻荒地一個小教區的牧師而已。我本想頂多也只會登個不起眼的死亡公告，但其實卻上了訃文版。

等我把該年的影片上了掃描機，找到登她訃文的那頁後，我才知道他們為什麼認為她有那個價值。

∞

馬丁・范得堡太太，前法蘭西絲・伊麗莎白・海吉曼小姐，自殺身亡。她在灣脊第一復興教會牧師會館的浴室割腕自殺，發現她陳屍浴缸的是她年幼的兒子理查。

我回到阿姆斯壯酒吧，但我此刻的心情和這裡格格不入。我在第九大道上往北走，再轉上哥倫布大道。我闖進好幾家酒吧——走累了就停下來快飲一杯。哥倫布大道有好多酒吧。

我在找個什麼，但我一直要等找了才知道那究竟是什麼。我其實應該早就猜到。我以前也有過像這樣的經驗：走過一條條黑街，想逮個機會把積壓在心裡的惡氣統統發洩出來。

我在哥倫布大道，靠近八十幾街的地方逮著機會。我才踏出一家掛著愛爾蘭招牌，而顧客全講西班牙話的酒吧。我顛顛跌跌，步伐和酒鬼跟水手有異曲同工之妙。我看到正前方十、十二碼的門廊有點動靜，但我還是繼續往前邁進。等他拿把刀從門廊一躍而出時，我知道我已經找了他好幾個鐘頭。

他說：「快，快，乖乖把錢拿出來。」

他沒有毒癮。大家都以為他們全有毒癮，其實不然。有毒癮的人會闖空門，拿走電視、打字機，可以馬上變現的一些小東西。五個搶匪裡頂多一個真有毒癮，另外四個幹這行當是因為他們懶得工作。

而且也可以藉此證明他們勇猛過人。

他有意讓我看到刀鋒。我們位處陰影底下，但刀面還是映上一點光線，邪惡的對我猛眨眼睛。那是把菜刀，木頭柄，刀刃有七、八吋長。

我說：「放輕鬆點。」

「讓老子瞧瞧你他媽的鈔票。」

「沒問題，」我說，「只是刀子請你小心點，我一看到刀子就緊張。」

我看他約莫十九、二十歲。他沒幾年前臉上爆過很多青春痘，災情慘重，現在兩頰和下巴全是坑坑巴巴。我作勢要往裡胸口袋掏東西，然後自自然然的顛跌一下，斜隻肩膀，腳跟站穩，然後左腳往他腕上踢過去。刀子從他手裡飛開。

他伸手要抓，犯下大忌；因為刀子落在他後頭，而他當時又是踉踉蹌蹌。他其實只有兩個選擇：要不就是直接撲到我身上，要不就是扭頭跑掉。但他卻做了不智的決定，想把刀子奪回去。他連離刀十呎的距離都搆不到。當時他失去平衡，步履蹣跚，於是我一手抓住他肩頭把他像陀螺一樣旋過來。我張開右手甩過去，手掌根正好擊中他的人中。他咿呀大叫，兩手護住臉孔，我趁機往他肚子連捶三、四下。他折下腰時，我兩手杯捧住他的後腦勺，抬起我的膝蓋撞上去。

這一撞可真是結結實實，力道十足。我放開他，他昏昏糊糊佝著身子，膝蓋處彎成直角。他的身體不知道是該直起身，還是倒下去。我捧起他下巴用力一推，算是幫他做了決定。他身子挺起來，平過去，然後四腳朝天倒在地上，動彈不得。

我在他牛仔褲的右邊口袋找到厚厚一捲鈔票。他搶錢不是為了買牛奶給他餓扁了的弟弟妹妹，不，謝謝，不是，他屁股上已經塞了將近兩百塊鈔票。我往他口袋塞回一塊零錢搭地鐵，剩下的全部入了我的腰包。他一動不動躺在那裡，目睹整個過程。我看他好像不敢相信自己的眼睛。

我彎下一隻膝蓋，左手抓起他的右手，把臉湊向他。他目瞪口呆，一臉驚惶。我很滿意，因為我的本意就是嚇他。我要他知道恐懼是什麼，感覺怎麼樣。

我說：「聽著。要在這些黑街討生活，你可得又狠又快又準，這三點你都做不到。我勸你還是早點找個正經工作，不要誤了自己，因為你在這兒混不下去。你以為幹這行非常容易，這你就大錯特錯了，今天算是讓你繳費學到一課。」

我把他右手的指頭一根根往後扳斷，只扳四根，大拇指留著沒碰。他沒有尖叫或什麼的。我想大概是嚇麻了吧。

我拿走他的刀，丟進我碰到的第一個下水道柵口，然後走過兩個街口到百老匯大道，叫輛計程車回家。

13

我覺得我根本沒有睡著。

我褪下衣服爬上床。我闔上眼睛，滑入可以不需要完全睡著就能夢見的那種夢，心裡明白這是場夢，我的意識保持距離站在一邊，像劇評家冷冷坐在一旁看戲。然後一串串事件湧上來，於是我知道我不可能睡著，也不想睡著。

於是我把蓮蓬頭開到最熱，關上浴門站在浴缸旁，算是即興的土耳其浴。我在裡頭待了半小時左右，把積在體內的勞累和酒精藉著流汗排出去。然後我把蓮蓬的溫度調到可以忍受的程度，開始淋浴，最後一分鐘我以冰水沖洗。我不知道這樣是不是真的有益健康。我看這只是斯巴達式的磨人方式。

我擦乾身體，換上乾淨的西裝。我坐在床沿，拿起電話。亞根尼航空公司剛好有我想搭的班機。飛機五點四十五分由拉瓜迪亞機場起飛，七點多一點可以把我送到我想去的地方。我買來回票，回程時間未定。

五十八街和第八大道交口的童年餐廳通宵營業，我點了碎牛肉加蛋，灌了好多黑咖啡。將近五點時，我踏入一輛計程車的後座，請司機把我載到機場。

8

這班飛機繞路在阿本尼市停一站，得多花不少時間。飛機準時在那裡落地，幾個人下機，另外幾個人上機，然後駕駛員又帶著我們騰空而起。第二趟起飛，飛機根本沒有機會擺平：我們才停止升空，就開始降落。在悠堤卡機場上，我們顛簸了一下，但沒什麼好抱怨。

「祝各位旅途愉快，」空中小姐說，「保重。」

我覺得大家好像是近幾年來，才在道別時說這兩個字。人人開始有了危機意識，整個國家陡然意識到，我們住在一個隨時需要保持警覺的世界。

我是打算保重。至於旅途是不是能夠愉快，我可不太確定。

我從機場搭車到悠堤卡市，七點三十左右抵達。十二點過幾分我打到凱爾．漢尼福的辦公室，沒有人接。

我打到他家，是他太太接聽。我報上名字。「史卡德先生，」她試探性的說，「你，呃——有進展了嗎？」

「是有些眉目。」我說。

「我叫凱爾過來。」

他拿起話筒後，我表示我想和他碰面。

「噢，我懂。有些事電話上講不方便。」

「嗯。」

「那——你能到悠堤卡來嗎？除非是絕對必要，我現在恐怕抽不開身到紐約，不過你可以搭今天下午或者明天的班機過來，一下就到了。」

「我知道，我現在已經到了悠堤卡。」

「哦？」

「我在傑佛遜和莫好克街交口的雷克斯百貨店，你可以到這兒接我，我們一起去你辦公室。」

「沒問題，十五分鐘？」

「可以。」

我認出他的林肯轎車。他停在百貨店前面時，我跨過人行道走上前去。我打開車門，坐在他旁邊。他也許平常在家都習慣穿西裝，要不他就是為了見我特地換上的。西裝深藍色，條紋不很明顯。

「你要來應該事先跟我講一聲，」他說，「我可以到機場接你。」

「不必，我想藉這個機會遊覽你住的城市。」

「這地方不壞。也許以紐約的標準來看，太安靜了，不過這也不見得就是缺點。」

「沒錯。」

「以前來過這兒嗎？」

「一次，好幾年前了。這兒的警察抓到我們通緝的嫌犯，我來這兒把他押回紐約。那趟我是坐火車。」

「今天這趟飛行怎麼樣？」

「還好。」

他巴不得趕緊問我，為什麼突然不告來訪。但他可是有教養的人，吃午餐要等咖啡上桌才能談生意，我們的公事也得到了他辦公室才能討論。漢尼福藥廠的倉庫偏處城西一角，而他接我的地方則在城中。我們一路往外開，只能有一搭沒一搭的閒扯。他把他認為我會有興趣的東西指給我看，我也只有嗯嗯啊啊佯裝一點興致。終於到了庫房。他們一週上班五天，此時除了幾輛閒在一旁的卡車外，沒有其他車子。他把林肯停在一個卸貨台旁，然後領我走上小凸坡道進到廠裡。我們穿過一條長廊，走進他的辦公室。他打開天花板的燈，指張椅子給我，然後坐到書桌後頭。

「怎麼樣？」他說。

我不覺得累。我突然想到我其實應該非常疲倦。沒睡覺，昨晚又灌了少許黃湯，但我精神還好。不算抖擻，但也不累。

我說：「我是來跟你報告的。你女兒的事我能查的都已經查到了，我想你也不用知道更多。我可以再多花我的時間、多花你的錢，不過我看沒必要。」

「沒花你多少時間。」

他的音調不帶感情，我聽不出這話有沒有弦外之音。他是佩服我的效率，還是不高興他的兩千塊只買到我五天的時間？

我說：「夠久了。如果你一開始就對我毫無隱瞞的話，不知道會不會省點時間。也許不會。不過至少我查起來應該容易一點。」

「我不懂。」

「我可以了解你為什麼沒想到這點。你覺得我該知道的你已經都告訴了我。如果我要找的只是事實，那你或許沒錯，但我要找的是能夠拼湊出圖像的事實。如果事情全都攤在我面前的話，我查起來應該比較容易。」他一臉迷惑，濃黑的眉毛挑高到眼鏡上方。「我沒事先通知你我要來，是因為我在悠堤卡有事要辦。我是大清早搭機過來的，漢尼福先生。我花了五個鐘頭才知道你五天前就可以告訴我的事情。」

「什麼樣的事？」

「我去了幾個地方。市議會的人口統計處，戶政事務所，警察局。」

「我沒僱你到悠堤卡來問問題。」

「你根本就沒僱我，漢尼福先生。你娶你太太是在——呃，我不用告訴你日期。你們兩個都是第一次結婚。」

他什麼也沒說。他摘下眼鏡，擺在他前面的書桌上。

「你早該告訴我溫蒂是私生女。」

「為什麼要講？連她自己都不知道。」

「你確定？」

「嗯。」

「我可不敢講。」我吸一口氣，「韓國仁川港一役，不幸陣亡的美國海軍陸戰隊員裡，有兩名是悠堤卡去的。其中一個是黑人，不用考慮。另一個叫羅勃．布樓，已婚。他是不是溫蒂的父親？」

「嗯。」

「我不是要揭舊瘡疤，漢尼福先生。我想溫蒂知道她是私生女。當然也有可能她知不知道都無所謂。」

他站起來，走向窗口。我坐在那兒，暗想溫蒂到底知不知道這件事——我賭十比一她知道。羅勃．布樓是她成長過程那隻看不見的手，她一輩子都在尋尋覓覓，找他的替身。她對他產生曖昧難解的感情，似乎是因為知道了什麼漢尼福和她母親都沒透露的祕密。

他在窗旁站了好一會兒。然後扭頭若有所思的看著我。「或許我早該告訴你，」他終於開口道，「我不是故意隱瞞。我是說，當時我完全沒想到溫蒂是……私生女的問題。多年來我們根本不提此事，我壓根兒沒想到要講。」

「這我了解。」

「你說你有事報告，」他說。他回到椅子坐下。「請講，史卡德。」

我回溯到印第安納。溫蒂念大學時，對同齡的男孩沒有興趣，只喜歡年長男子。她跟幾個教授發生關係，或許都只是逢場作戲，但至少有一個認起真來，至少男方如此。他想離開他太太。這位太太服藥自殺，或許是真的想死，或許是為了挽救她的婚姻才耍的手段，也或許連她也搞不清自己動機何在。

「總之，轟傳出一段醜聞。整個校園沸沸揚揚，雖然有沒有上官方記錄我不知道。溫蒂在畢業前兩個月離校，這就有了解釋。她沒法再待下去。」

「當然。」

「她消失後學校沒有急得抓狂，道理一樣。我原本還很納悶，因為照你所說，他們的反應好像不很強烈。顯然他們當初是想通知你她走了，但又不打算告訴你她離開的原因。總之，他們之所以不在意她的去向，是因為他們知道其中內情。」

「噢。」

「她去了紐約，這你已經知道。她幾乎是馬上和年長男子發生關係。其中一個帶她去了邁阿密，我可以給你他的名字，但這其實並不重要。他兩年前死了。很難說他在溫蒂的生命裡到底扮演了多重要的角色，但除了帶她去邁阿密以外，他還讓她在申請租屋時，借用他的名字。她在雇主欄寫下他的公司，而經紀公司打去查對時，他也幫她圓謊。」

「房租是他付的嗎？」

「有可能。到底當時他是幫她付了全部或者部分家用，只有他才能告訴你，只是你已經問不到了。不過照我看，她不是他的禁臠。」

「那同時她也跟別的男人交往？」

「我想沒錯。這個男的已婚，家在郊區，就算他想花很多時間跟她在一起，恐怕也做不到。而且依我看，溫蒂自己也不想跟任何一個男人固定下來。教授的太太吞藥自殺，對她想必是一大打擊。如果他對她迷戀到可以拋家棄子，想來她也可能對他用情很深——至少她可能是這麼想。遭到那次挫折以後，她會提醒自己不能對任何人過於專情。」

「所以她結交很多男人。」

「對。」

「而且跟他們拿錢。」

「對。」

「你知道這是事實？或者你只是憑空臆測？」

「是事實沒錯。」我跟他提了點瑪西雅．馬索的事情，談到她是怎麼逐漸發現溫蒂維生的方式。我沒補充說明，瑪西雅也下海試過。

他垂下頭，漿硬的西裝兩肩有點癟下。「報紙還真說對了，」他說，「她是妓女沒錯。」

「也不完全是。」

「什麼意思？這就像懷孕一樣，不是嗎？是就是，不是就不是。」

「我覺得比較像誠實。」

「哦？」

「有些人比別人誠實。」

「我一向以為誠實只有是與不是兩種。」

「或許吧。不過我覺得有不同層次。」

「行淫賣肉也有不同層次嗎？」

「我是這麼想。溫蒂沒到街上拉客，沒有一個個嫖客輪番上陣，也沒有把錢交給什麼皮條客。」

「我還以為范得堡男孩做的正是這個。」

「不。稍後我會講到他。」我把眼睛闔上一會兒。我睜開眼睛說：「這話我沒法證實，不過我很懷疑溫蒂的本意是要賣肉。她也許是從好幾個男人手上拿了錢以後，才醒悟到自己是在幹什麼。」

「我不懂。」

「我們假設有個男的帶她外出晚餐，送她回家，結果跟她上床。他出門時，也許交給她一張二十元鈔票，他也許是跟她說：『我本想送妳一束鮮花或者禮物，不過妳何不就拿這些錢買點妳喜歡的東西呢？』也許前幾次發生這種情況時，她一再回絕，但後來她就開始習慣收下了。」

「我懂了。」

「不消多久，她就會開始接到素不相識的男人打的電話。很多男人喜歡把女人的電話廣為傳播，有時候是因為覺得獨樂樂不如眾樂樂，有時候是因為他們覺得可以藉此提高他們的形象。『這女孩很不錯，她不能算是妓女，不過事後給她一點錢好了，因為她沒工作，你知道，小女孩在大都市裡討生活實在很辛苦。』所以她有一天醒來，才猛然醒悟到她已成了妓女——至少是字典上定義的那種。可是當時她已經習慣了那種生活方式，而且感覺也很自然。照我看來，她從來沒跟人伸手要錢。她一個晚上最多只見一個男人。如果哪個男人她不喜歡，以後的邀約她會回絕。而外出共進晚餐時，如果她覺得眼前的男人看不順眼，她也會假稱頭疼，不和他上床。所以她是靠那方式賺錢沒錯，但她目的不在錢。」

「你是說她喜歡。」

「反正絕對不討厭就是。她又沒給人肉販子綁架為娼，想要的話，她應該可以找到工作，她也可以回悠堤卡的家，或者打電話跟你們要錢。你是想問她是花痴嗎？這我沒有答案，不過我懷疑。我覺得她是得了強迫症。」

「怎麼說？」

我站起來，移近他的書桌。桌子是暗色桃花心木做的，看來至少有五十年歷史。桌上井然有序，擺了本記事簿，還有雙層文件盤、紙插、兩張鑲框的照片。他看著我拿起照片仔細端詳。其中一張照的是個年約四十的女人，兩眼迷茫，臉上掛著朦朧的笑容。我感覺到這個表情是她的註冊商標。另一張照片是溫蒂，頭髮不長不短，兩眼發亮，一口白牙可以去拍牙膏廣告。

「這是什麼時候照的？」

「高中畢業典禮。」

「這你太太嗎？」

「噯。我忘了那是什麼時候照的。六、七年前吧，我想。」

「我看不出她們哪裡像。」
「嗯，溫蒂像她父親。」
「布樓。」
「對。我從沒見過他，我太太說她長得像爸爸。我當然是無從判定，不過我太太是這麼說的。」
我把漢尼福太太的照片擺回原位。我深深看進溫蒂的眼睛，我們過去這幾天變得非常親密，她跟我。我現在對她的了解恐怕已經超過她能接受的限度。
「你剛剛說你認為她有強迫症。」
我點點頭。
「強迫她的是什麼？」
我把照片擺回原處。我注意到漢尼福刻意避免對上溫蒂的眼睛。他沒做到。他望進那對明亮的大眼，臉部抽動一下。
我說：「我不是心理學家或者心理醫生什麼的，我只是當過警察的普通人。」
「我知道。」
「我只能猜測。我猜她一直都在找尋父親，想嘗嘗做女兒的滋味，而他們一個個都想和她上床。不過她倒也無所謂，因為她爸爸正是這樣的人。他是跟媽媽上床，讓她懷孕，然後到韓國去，然後再也沒有消息的人。他是已經跟別人結婚的某某人，所以吸引她的男人一定都是別人的丈夫。要找爸爸很可能大禍臨頭，因為如果不小心的話，他可能太喜歡妳，而媽媽就有可能吞下一大堆藥，然後妳就得打包走路。所以仔細想想，如果爸爸給妳錢的話，應該比較安全。這樣一來，一切就是單純的金錢往來，爸爸就不會為妳發狂，媽媽不會吞藥，妳也可以待在原處不用離開。我不是心理醫生，我不知道教科書上是不是這樣寫。我從沒念過教科書，也從沒見過溫蒂。我是到她生命結束以後，才開始走進她的生活。我一直想走進她的生活，結果卻得一再的面對她的死亡。你有沒有什麼可以喝的？」

「嗄？」

「你有沒有什麼喝的？譬如波本。」

「噢，我想是有一瓶什麼酒。」

怎麼可能有人連自己屋裡有酒沒酒都不知道？

「拿來吧。」

他的臉閃過幾種不同的表情。有意思。剛開始他是在想，我他媽的以為我是什麼人，竟敢這樣指使他，然後他領悟到此時此刻這種小事不必斤斤計較，於是他便起身走到酒櫃打開門。

「是威士忌。」他宣布說。

「很好。」

「我沒什麼可以調酒的。」

「無所謂，把酒跟玻璃杯拿來就好了。」而且找不到杯子也沒關係，先生。

他把酒跟一只平底大玻璃杯端過來，然後帶著研究的興味，在一旁看著我把威士忌往杯裡倒到三分之二滿。我喝掉一半，把杯子放到桌上又拿起來，因為我想到可能會留一圈水漬。我動作遲疑不定，他會過意來，遞給我幾張便條紙充當杯墊。

「史卡德？」

「嗯？」

「你說當初找個心理醫生對她是不是會有幫助？」

「不知道，搞不好她試過。雖然我們已經無從知道，不過是有可能。我覺得她是有在想辦法。」

「以她那種生活方式？」

「嗯。她的生活算滿穩定的。也許外人看來不覺得，不過我看法不同。她找瑪西雅當室友，為的是給自己安定的感覺，後來找上理查原因也是一樣。她的公寓給人一種溫馨祥和的居家感覺，家具搭配得宜，是居住的好環境。我想她生命裡的男人是她必須通過的階段，我看她應該也清楚的意識到這一點。他們代表的是她肉體和感情上，在過渡階段需要的求生工具，我覺得她的眼光已經放到將來她不再需要他們的那一天。」

我又喝了些威士忌。對我來說稍嫌甜了點，而且過於溫和。不過下肚後，勁道倒也還差強人意。

我說：「就某些方面來說，我對理查．范得堡還比對溫蒂了解的要多。我訪談過的人有一個跟我說，所有牧師的兒子都是瘋子。我不知道這句話真實性有多少，不過我想他們大部分一定都沒好日子過。理查的父親是那種煩憂易怒型的人物，嚴峻、冷漠，我很懷疑他懂得什麼叫做父愛。理查的母親在他六歲的時候自殺。他沒有兄弟姐妹，就這麼個小孩和他父親和一個乾癟的老管家在墳墓樣的牧師會館裡過活，這種成長過程讓他對他父母產生非常矛盾的感情。他這種對上一代非常混雜的感情，跟溫蒂的情況倒是滿類似的。所以他們才能那樣互惠互助。」

「互惠互助！」

「對。」

「拜託你好嗎，他可是殺了她！」

「他們的確配合得很好。她是那種他不需要提防的女人，而他是那種她不會誤當做父親的男人。他們共度的家居生活帶給他們一種兩人都沒經歷過的安定感覺。而且也沒有性關係來破壞這種和諧。」

「他們沒有一起上床？」

我搖搖頭。「理查是同性戀。至少在他搬去和你女兒同住前，他一直是以同性戀姿態出現。他不喜歡那種角色，很不自在。溫蒂給他機會脫離那種生活，他終於可以跟一個女人同住而不需要證明他的男子氣概，因為她並不需要他當她的性伴侶。他自從碰上她以後，就不再去同性戀酒吧。我想她在那同時也改變了生活方式，不再約會。我沒法證明，不過以前她一個禮拜總有幾個晚上會外出與人共進晚餐，但我進她公寓看過，廚房儲滿各色食物，我想理查大概每個晚上都為兩人準備晚餐。我剛說過，我覺得溫蒂在想辦法解決她的問題，照我看，他們兩人是一起在想辦法。也許到頭來他們會一起上床，也許溫蒂會出去找個工作，不再以職業性的方式跟男人約會。我這只是在猜測而已，當然，不過我還想講得更遠一點。我想他們最終也許會決定結婚，一切或許會有個圓滿的結局。」

「純粹是假設。」

「我知道。」

「你說得好像他們在談戀愛。」

「我不知道他們有沒有談戀愛，我只知道他們之間一定有愛。」

他拿起眼鏡，戴上去又摘下來。我往杯裡再倒些威士忌，啜一小口。他久久坐著不動，看著自己雙手，偶爾抬眼瞄瞄立在他書桌上的兩張照片。

終於他說：「那他為什麼殺了她？」

「這問題我沒法回答。他完全不記得殺了人，而且在他的記憶裡，這整個過程又跟他母親的死糾纏不清，混在一起。再說，你的問題不在這裡。」

「是嗎？」

「當然。你想知道的是，你女兒的死你得負多少責任。」

他什麼也沒說。

8

「你最後一次見到你女兒時，發生了什麼事？想跟我說嗎？」

他不想，不是很想，他花了好幾分鐘才做完暖身。他模模糊糊講到她是什麼樣的小孩，多麼聰明活潑熱情，還有他多愛她。

然後他說：「在她大概——實在記不太起來，不過我想她當時應該有八歲大，八歲或九歲。她喜歡坐在我懷裡，摟我……摟我、吻我，而且她習慣扭來扭去，而——」

他得停下一會兒。我沒說話。

「有一天，我不知道為什麼會那樣，不過有一天她坐在我懷裡，而我——哦，老天。」

「慢慢來。」

「我興奮起來，身體上的興奮。」

「難免會。」

「是嗎？」他的臉看來像彩繪玻璃。「我實在——實在無法想像。我覺得自己好噁心，我愛她就像愛女兒一樣，至少我是一直那麼以為，等我發現我對她有性慾——」

「我不是專家，漢尼福先生，不過我想這是很自然的事，只是一種身體反應。有些人坐火車也會勃起。」

「我不只是那樣。」

「也許。」

「我很清楚，史卡德。我被我在我裡頭看到的東西嚇壞了，我擔心那結果，擔心那對溫蒂可能帶來的傷害。所以我那天就做了個決定，我不再和她那麼親近。」他垂下眼睛，「我退縮了，我強迫自己限制對她的感情，我是說感情的表達。也許連帶我對她的感情吧，不知道。不再有那麼多擁抱、親吻和撫摸。我下定決心不能再舊事重演。」

他歎口氣，盯住我的眼睛。「這你猜中了多少，史卡德？」

「一點點。我以為還會再往下發展。」

「我不是禽獸。」

「很多人做的事情你根本無法想像，但他們也不見得個個都是禽獸。你最後一次看到溫蒂時，發生了什麼？」

「這事我從來沒跟人講過，為什麼又要告訴你呢？」

「你不用，但你想。」

「是嗎？」他又歎口氣，「她從大學回來，我們的關係還跟以前一樣，但她好像哪裡變了。我想她當時大概已經發展出和年長男人發生關係的模式。」

「對。」

「有天晚上她很晚回家。她是單獨出門的，也許有人來接她，我不曉得。」他闔上眼睛，回憶起那個晚上。「她到家時我還沒睡。我沒刻意等她回來，我太太早已入睡，而我有本書想看。溫蒂大約凌晨一兩點回到家。她喝了酒，倒也沒有跌跌撞撞，只是有點醉意。

「我看到了她的另一面，她想……她勾引我。」

「就那樣？」

「她問我想不想上她。她說了……些髒話，告訴我她想跟我做些什麼。她一把就要抓住我。」

「你怎麼做？」

「我甩了她一巴掌。」

「噢。」

「我告訴她她醉了，要她上樓睡覺。我不知道那巴掌是不是打醒了她，她臉色一暗，一句不吭就轉身上樓。我不知道該怎麼辦。我想到也許應該到她那兒跟她說聲沒關係，忘了也就算了。結果我什麼也沒做。我又坐了一個鐘頭，就回房去睡了。」他抬起眼睛，「到了早上，我們假裝什麼也沒發生，以後也沒再提起那件事情。」

我喝光杯裡的酒。現在一切都說得通了，每個細節。

「我沒去找她的原因……我覺得她那樣做很噁心，我想吐。但我裡頭有個什麼卻給挑……起了慾望。」

我點點頭。

「我不太確定那晚進了她房間以後我會做出什麼，史卡德。」

「不會有事的。」

「你怎麼知道？」

「每個人裡頭都有一些小小陰暗的角落。只有渾然不覺的人才會控制不住。你看到了自己這點，所以應該會有能力把持住。」

「也許。」

一會兒之後我說：「我覺得你不需要怪罪自己。照我看，那種事其實不在你的控制範圍之內。溫蒂躺在你懷裡扭動引起你的性慾，那其實不是單方面的事情。她在挑逗你——不過我相信她當時並沒有意識到。這些都說得通——跟她母親競爭，想在每個她覺得有吸引力的男人身上找到她父親的影子。很多女學生都想勾引教授，你知道，而大部分教授也都學到怎麼擋駕。溫蒂的成功率算是滿高的，她顯然功夫到家。」

「真奇怪。」

「什麼事？」

「你原本把她講得像受害者，現在她聽來卻像害人精。」

「每個人都有這兩面。」

一路開車到機場，我們都沒什麼話說。他好像比先前來得放鬆，但我很難看出，這到底有多少只是表面裝的。如果我對他有什麼正面影響，與其說是因為我幫他查出什麼，倒不如說是因為我叫他吐露了一些事情。他其實該找的是牧師或心理醫生，他們可能都會做得比我好。只不過蒙他揀選的是我。

我開口道：「不管你決定給自己安上什麼罪名，有件事你要記得：溫蒂是在復原。我不知道她要花多少時間才能找到比較正常的謀生辦法，不過我想最多應該不會超過一年。」

「這點你不可能確定。」

「我沒法證明那是當然。」

「這樣想反而更糟，不是嗎？更叫人痛心。」

「是更叫人痛心沒錯，是不是更糟我就不知道了。」

「嗯？噢，我懂了。你這樣分倒滿有意思的。」

我走到亞根尼航空公司的櫃檯。他們有個班機一小時內會飛到紐約，我劃好機位，轉過頭時，漢尼福站在我身邊，手裡拿張支票。我問他那是幹嘛，他說我沒提到要錢，而他也不知道該給多少才算合理，但他對我的成果非常滿意，想給我一點謝禮。

我也不知道要拿多少才算合理。但我想起我跟路易士・潘考講過的話：有人把錢送上，一律收下就是。我收下了。

我一直到上飛機才把支票攤開來看。一千塊。我到現在還不太確定他為什麼要拿錢給我。

14

我在旅館房間裡，打開一本平裝的《聖徒字典》信手翻閱。我發現自己在看聖瑪莉・歌瑞蒂的故事。她一八九〇年生在義大利，十二歲時，有個年輕男子開始向她求愛。後來他企圖強暴她，以死威脅她聽命於他。她不肯，他便殺了她，拿刀在她身上一刺再刺。她二十四小時之後才死。經過八年毫無悔意的囚禁，殺她的凶手萌生懺悔之心，我讀到。服刑將滿二十七年時，他被釋放。一九三七年聖誕節那天，他想盡辦法要和瑪莉的寡母並肩共領聖餐。從此以後，他一直是要求廢棄死刑的人最常引用的案例。

我永遠能在那本書裡找到有趣的東西。

我到隔壁去吃晚餐，但沒什麼胃口。服務生說要把我吃剩的牛排包好外帶，我告訴他不必費事。

我繞過轉角走到阿姆斯壯酒吧，坐在後頭角落裡的桌子。幾天前一切就是從這裡開始的。凱爾・漢尼福禮拜二走進我的生活，而現在是禮拜六。感覺上好像遠遠不只這麼幾天。

對我來說，一切是禮拜二才開始的，但事實上，事情的起頭遠早於那天。我啜飲波本咖啡，心想到底能回溯到多久以前。在過去的某一點上，這一切或許就注定要發生，但我不知道那點究竟是什麼時候。有那麼一天，理查．范得堡碰到溫蒂．漢尼福，而那當然可以算是某種轉捩點，但也許他們各自的結局早在那天之前就已成定局，而他們的碰面只是要促成那最終的結果。也許一切要歸源於更早以前——羅勃．布樓死在韓國那天，法蘭西絲．范得堡在浴缸切開靜脈的時候。

也許是夏娃的錯，誰叫她亂吃蘋果，製造麻煩。讓人類得到分別善惡的知識，以及經常做出錯誤抉擇的能力。

∞

「請小姐喝杯酒？」

我抬起頭。是崔娜，沒穿制服，臉上的笑容在研究過我的臉後逐漸消失。「嗨，」她說，「你神遊哪兒去了？」

「內太空。」

「想一個人靜一靜？」

「剛好相反。妳是不是要我請妳喝一杯？」

「剛才是有過那麼個念頭。」

我招手叫來服務生，為她點了杯威士忌蘇打，我也一樣。她談到前一天晚上侍候到幾個陰陽怪氣的顧客。我們邊聊邊喝，叫了好幾回酒，然後她伸出一隻手，指尖輕觸我的下巴尖。

「喂。」

「嗄?」

「你神色不對,有麻煩嗎?」

「今天過得糟透了。我飛到州北,談了場不太愉快的話。」

「是你前不久跟我講過的案子?」

「我跟妳講過?嗯,大概吧。」

「現在想談談嗎?」

「或許待會兒吧。」

「好。」

我們坐了一會兒,沒說什麼話。這兒禮拜六一向很安靜,今天也不例外。有兩個孩子進門,走向吧台。我不認得他們。

「馬修,有什麼不對嗎?」

我沒回答。酒保賣給他們兩盒六罐裝的啤酒,他們付錢離開。我吐口氣,我不知道自己剛才一直屏著氣。

「馬修?」

「只是反射動作。我以為他們要搶劫,最近神經繃得太緊。」

「噢。」她的手蓋上我的。「天晚了。」她說。

「是嗎？」

「有點。你陪我走回家好嗎？過幾個路口就到了。」

∞

她住在第九和第十大道之間的五十六街上，是棟嶄新建築的十樓。門房勉強抖起精神拋給她一個微笑。「我有些酒，」她告訴我，「而且我泡的咖啡絕對比吉米高明。跟我上去吧？」

「好哇。」

她的公寓是工作室，一個很大的房間，挖進一方凹室擺張窄床。她告訴我外套能掛哪裡，然後放了張唱片。她說她已經在煮咖啡，我說我不想喝。她為我倆倒了酒，然後蜷坐在一張紅色的厚絨沙發上，我坐在一張有點磨損的灰色扶手椅上。

「好地方。」我說。

「快要有點樣子了。我想在牆上掛些畫，有些家具以後也得換新，不過我現在住得還算喜歡。」

「妳在這兒多久了？」

「十月搬過來的。我本來住上城，實在很討厭每天搭計程車上下班。」

「妳結過婚嗎，崔娜？」

「結了三年，將近。我已經離婚四年了。」

「跟前夫還見面嗎？」

「我連他住哪一州都不知道。我想他應該是在東岸，不過我不確定。幹嘛問？」

「只是隨便問問。妳沒小孩？」

「沒有，他不想要。後來處不下去了，我很慶幸還好沒生。你呢？」

「兩個男孩。」

「一定很不好帶。」

「不知道。有時候吧，我想。」

「馬修？要是剛才真是搶劫的話，你會怎麼做？」

我想了一下。「什麼也不做，或許。的確是沒有什麼我能做的。怎麼了？」

「你沒看到你自己的表情，好像隨時準備撲過去的野貓。」

「反射動作。」

「當了那麼多年警察的結果。」

「大概是吧。」

她點上一支菸。我拿起酒瓶為我們兩人再添些酒，然後我就坐到沙發她旁邊，講起溫蒂和理查。幾乎什麼都講。我不知道是她是酒還是兩者的結合，總之突然我可以毫無顧忌的講起這件事，而且覺得非講不可。

然後我說：「難就難在得知道能告訴他多少。他懷疑是他對她造成傷害，不管原因是在於他克制住了他對她的感情，還是他曾不自覺的想引誘她。我跟他一樣也沒法找出答案。但還有別的事。命案，他女兒是怎麼死的。那有多少是我能告訴他的？」

「呃，那些他統統都知道了，不是嗎，馬修？」

「他知道的是他想知道的部分。」

「我不懂。」

我嘴唇開始蠕動，但又放棄了。我往我們的杯子再倒些酒。她看著我，「想把我灌醉？」

「把我們兩個都灌醉。」

「我看是已經開始起了作用。馬修——」

我說：「很難決定自己的權限到底在哪裡。我想我大概是在警界待太久了吧，也許我不該離開。妳知道我那件事吧？」

她移開視線。「好像哪次聽人說過。」

「呃，如果沒碰到那件事，我是不是遲早也會離開呢？這點我一直都在納悶。當警察非常安全，我不是說工作穩定那種安全，我是指感情上的安全。不會碰到那麼多問題，而真要碰上的話，也都有很明顯的答案——至少當時看來是這樣。

「聽我說一個故事。大概是十年前的事，也是發生在格林威治村，女主角二十多歲。她在她的公寓被人姦殺，尼龍絲襪綁在她的脖子上。」崔娜打個哆嗦。「那回沒有馬上破案，沒有人渾身沾著她的血跑到街上招搖。那種案子你就只能不斷的挖，調查每個噓過那女孩的人、那棟大樓的每個人、跟她在工作上有過接觸的人、在她生活裡扮演過任何角色的男人。老天，我們起碼找了幾百個人談過。

「呃，有個男的我打開始就很懷疑。渾身橫肉的狗雜種，是她那棟大樓的管理員，當過海軍，因為行為不檢給踢出來。我們有他的前科記錄，兩次攻擊別人被抓，但都因為被害人拒絕上訴，沒有受審。兩個案子的被害人都是女的。

「所以我們有很好的理由，要把他的身家背景調查得一清二楚。我們說到做到。而且我跟那狗雜種談得愈多，就愈肯定是他幹的沒錯。有時候你就是知道。

「但他有很好的掩護。我們判定死亡時間是在某一個鐘頭之內，但他太太口口聲聲說她發誓他一整天都沒離開她的視線，而我們也沒有證據推翻她的說法。沒法證明他在命案發生的那段時間去過那女孩的公寓，完全無能為力。連個他媽的指紋都沒有，而且就算有，也等於沒有，因為他是管理員，他有可能是去修水管或什麼的才把指紋留在那裡。我們啥也沒有，一絲線索都沒。我們知道他是真凶的唯一原因是我們就是知道，沒有哪個地區檢察官會蠢到根據這個理由找陪審團審這案子。

「所以我們只好去調查其他每個有那麼半點可能的人。當然，我們毫無進展，因為根本沒有地方可以前進，於是那案子就給歸成『開放檔案』，意思是我們知道它永遠不會結案，意思也就是它不管從哪個角度看都已經結了，因為不會有人吃飽飯沒事幹還去管它。」

我站起來，走過房間。我說：「不過我們知道是他幹的。都快把我們逼瘋了。知道每年有多少人殺人不償命嗎？比大家想的要多多了。而這個洛德，我們知道他就是凶手，可是我們動不了他。他就叫這名字，雅各．洛德。

「案子歸成所謂的開放檔案以後，我跟我的夥伴還是放不下，每天總要提上一回。後來我們跑去找這個洛德，問他有沒有測過謊，妳知道這種測驗吧？」

「嗯，電視看過。」

「用測謊器。我們對他非常坦白，告訴他他可以拒絕接受測驗，也告訴他測驗結果不能列為不利於他的證據——的確是不行。我不曉得這種規定合不合理，不過法律是這麼說的，我們也沒辦法。

「他同意接受測驗。別問我為什麼，也許他是怕拒絕的話太可疑，雖然他應該曉得我們他媽的本來就認定是他殺了她，不管測不測驗，他都脫不了嫌疑。也可能他是真的以為他可以勝過機器。反正他做了測驗，我們找來最好的測謊員幫忙，測驗結果跟我們想的完全一樣。」

「他有罪？」

「毫無疑問，把他定得死死的就是有罪，可是我們又能怎麼樣？我告訴他機器說他說謊。『呃，那些機器偶爾總會犯幾個錯啊，』他說，『因為這回它就出了錯。』然後他就直直看著我的眼睛，他知道我不相信，也知道我他媽的拿他沒辦法。」

「老天。」

我走過去，再度坐在她旁邊。我啜了些酒，眼睛闔上一會兒，回憶起那狗雜種的眼神。

「你們怎麼做？」

「我跟我夥伴討論半天，我的夥伴想把他推到河裡。」

「你是說殺了他？」

「殺了他，用水泥封起來，然後丟到哈德遜河。」

「你一輩子做不出這種事來。」

「不知道。當初我是有可能附議。妳知道，是他幹的，他殺了那女孩，他遲早再幹一票的機率實在很大。呸，媽的，也不全是因為這個啦。知道是他幹的，知道他知道我們知道是他幹的，然後還要把這個混帳放回家。好像只有把他扔進河裡才能消我這口氣，要不是想到了更好的辦法，我搞不好真會動手做了他。」

「想到什麼？」

「我有這麼個朋友在毒品偵緝組。我告訴他我需要海洛因，要很多，我也告訴他以後全都會拿回來。然後有一天下午洛德和他太太都不在家的時候，我就偷溜進去栽他的贓。我把毒品塞到毛巾架裡頭，放進他的馬桶浮球裡，我把那鬼玩意藏在每一個我能想到的明顯目標。

「然後我就去找我毒品組的朋友，告訴他我知道他上哪兒可以來個他媽的大豐收。他一切照手續來，拿到搜索令什麼的，洛德那時候人在州北的達莫拉城，啥都不知道。」我忍不住要笑。

「審判後等裁決時，我到牢裡看他。他唯一的辯解是說他根本不知道海洛因怎麼會跑到他家，不用說，陪審團沒有為了這句話搞得整晚睡不著。我去看他，我說：『你知道，洛德，可惜你沒法去測個謊，搞不好還真能說服人家你不知道毒品的來路。』他只有光著眼看著我，因為他知道他是給誰害的，這回可是換了他拿我們沒輒。」

「老天。」

「結果是二十比十判他私藏毒品準備脫手。服刑大概三年的時候，他跟別的囚犯因為細故打架，給一刀捅死了。」

「老天。」

「問題是，你開始會想，到底你有多大權力可以那樣子扭轉局面。我們有權利陷害他嗎？我無法想像讓他逍遙法外，總得想個法子定他的罪吧？要是辦不到的話，我們有權利把他扔到河裡嗎？這個問題我更沒法答了，我想過很久。對與錯之間總該有條界線，可是實在很難知道該畫在哪裡。」

∞

一會兒之後，她說快到上床時間了。

「我這就走。」我說。

「你想留下也可以。」

我們還滿合的。有那麼一會兒，所有難解的問題都不見了，躲在陰暗的角落。

完事後，她說我應該留下。「我們可以一起吃早餐。」

「好。」

然後，睡眼惺忪的，「馬修？你剛剛說的那案子，講到洛德？」

「怎麼？」

「你為什麼會想到要講？」

我有個衝動想說出來。不過這點我可得守住關口，就像我也隱瞞了凱爾・漢尼福一樣。

「只是兩個案子的一些共同點啦，」我說，「同樣是女孩在格林威治村被人姦殺，聯想到而已。」

她模模糊糊嘟噥些什麼我沒聽懂。我等她睡沉了以後，趕緊溜下床，穿上衣服。我走過幾個路口，回到我的旅館房間。

我本以為我會失眠，結果還好。

我抵達時，禮拜才開始進行。我溜上後排一個座位，從椅背架上抽本小黑皮書，找到引述的經文。我錯過了祈禱文及第一首詩歌，但剛好趕上牧師引述律法。

他看來好像比我記憶中要高，也許是因為講壇給人崇高的感覺。他的聲音渾厚有力，讀起十誡威嚴十足。

「神吩咐這一切的話說，我是耶和華你的神，曾將你從埃及地為奴之家領出來。除了我以外，你不可有別的神。不可為自己雕刻偶像，也不可做什麼形像，彷彿上天、下地，和地底下、水中的百物。不可跪拜那些像，也不可事奉他，因為我耶和華你的神是忌邪的神，恨我的，我必追討他的罪，自父及子，直到三、四代。愛我守我誡命的，我必向他們發慈愛，直到千代……」

房間不擠，約莫八十人出席，大多跟我同齡或者更大，帶小孩的父母沒有多少。教堂能容納的人數，應該是到場人數的四或五倍。我想大多數會眾在過去二十年大概都已陸續搬到城郊，取而代之的是愛爾蘭和義大利人——而他們過去的居處，現在住的則是黑人和波多黎各人。

「當孝敬父母，使你的日子在耶和華你神所賜你的地上，得以長久。」

今天來做禮拜的人會比往常多嗎？他們的牧師才剛經歷過重大的家庭悲劇。上週日他沒有主持禮拜。這是他們在命案和自殺發生後，第一次有機會在正式場合見到他。好奇心會引來較多的人嗎？或者壓抑及羞愧的心——以及今早的寒意——會讓許多人留在家裡？

「不可殺人。」

斬釘截鐵的宣告，這些誡令不容人爭辯懷疑。不是除非萬不得已，不可殺人。

「不可姦淫……不可作假見證陷害人……」

我揉揉太陽穴。他能看到我嗎？我想起他厚厚的眼鏡，知道他應該不能。何況我又坐在後頭靠邊的地方。

「你要盡心、盡性、盡意、盡力，愛主你的神。其次就是說，要愛人如己。再沒有比這兩條誡命更大的。」

我們站起來，合唱讚美詩。

∞

禮拜花了一個鐘頭多一點。唸了一段《舊約．以賽亞書》，又唸了一段《新約．馬可福音》。又唱了首詩歌，一段祈禱，再唱一首詩歌。奉獻盤傳下來，我擺了張五塊鈔票。

講道內容正如題目所示，討論的是：通往地獄之路布滿善心。心懷至善、正義的目標行事是不夠的，馬丁．范得堡說，因為伴隨崇高目的而來的行動如果不義、不善的話，目的本身的價值就大有問題。

我沒注意聽他怎麼周延的解釋這點，因為我的心思已經完全被這個中心議題占滿，開始活動起來。我在想，目的正確手段錯誤，跟目的錯誤手段正確，到底哪個較糟。這不是我第一次思索這個問題，也不是最後一次。

然後我們站起來，他手臂伸開，袖袍垂下，宛如巨鳥的雙翼。他的聲音在室內振盪迴響。

「神所賜出人意外的平安，必在耶穌基督裡，保守你們的心懷意念；全能的神，聖父、聖子、聖靈，與你們同在，直到永遠。阿們！」

阿們。

有幾個人沒跟范得堡牧師寒暄幾句就溜出教堂。其他人排好隊等著和他握手，我排到最後。終於輪到我時，范得堡對我眨眨眼睛。他看我滿眼熟的，但想不起原因何在。

然後他說：「噢，是史卡德先生！你來參加我們的禮拜，真是難得。」

「很棒的經驗。」

「真高興你這麼說。沒想到會再看到你，當然更是做夢也沒想到我們無意的一次會談，會把你引來尋找上帝。」他越過我的肩膀看向遠方，嘴上掛著半抹笑容。「祂的旨意凡人無法測度，是吧？」

「看來是。」

「像你這樣的人會因為別人一樁悲劇有了改變。將來哪一天，也許我可以拿這個來當講道的題目。」

「我想跟你談談，范得堡牧師。私下談。」

「哦，」他說，「今天我恐怕抽不出時間。我相信你一定有很多宗教方面的疑惑，我了解這種迫切需要解答的感覺，但——」

「我不想談宗教，先生。」

「哦？」

「我要談的是你兒子和溫蒂·漢尼福。」

「我知道的我已經都告訴你了。」

「這回恐怕是我得告訴你一些事情，先生。我們最好能現在談，而且非得私下談不可。」

「哦？」他專注的看著我，我凝神觀看他臉上多種感情的變化。「好吧，」他說，「我的確有事得馬上處理，不會太久。」

我等著，不到十分鐘他就過來了。然後他便親密的搭著我的肩帶我走到教堂後面，穿過一扇門進入牧師會館，踏進上回我們談過話的房間。壁爐裡燃燒的是電能火，他跟上次一樣，站在那前頭烘暖他纖長的手。

「早上的禮拜結束後，我習慣喝杯咖啡，」他說，「你也要嗎？」

「不了，謝謝。」

他離開房間，然後捧杯咖啡進來。「怎麼，史卡德先生？什麼事情這麼急？」他的語調刻意放得輕鬆，但隱伏著緊張。

「今早的禮拜我很喜歡。」我說。

「嗯，你才說了，我很高興聽你這麼說。不過——」

「我本以為你會引述另外一段《舊約》經文。」

「《以賽亞書》是滿難理解的，我同意。他是詩人、先知。有興趣的話，今天那段我可以介紹你讀些有趣的評註。」

「我本想你會引用《創世記》的一段。」

「噢，我們要等到聖神降臨節才會從頭開始講經。為什麼特別提《創世記》？」

「我說的是《創世記》裡的某一段。」

「哦？」

「第二十二章。」

他閉了會兒眼睛，蹙眉專心思考。他睜開眼，抱愧的聳聳肩。「以前我章節一向記得還算清楚，這大概是老化過程帶來的一點小禍害。要我幫你查嗎？」

我說：「『這些事以後，神要試驗亞伯拉罕，就呼叫他說，亞伯拉罕，他說，我在這裡。神說，你帶著你的兒子，就是你獨生的兒子，你所愛的以撒，往摩利亞地去，在我所要指示你的山上，把他獻為燔祭。』」

「亞伯拉罕的試煉。『神必自己預備做燔祭的羔羊。』很美的一段。」他的眼睛盯著我。「你能背誦經文實在很不簡單，史卡德先生。」

「前些天我有個理由需要讀這一段，一直忘不了。」

「哦？」

「我在想你也許能把這章解釋給我聽。」

「以後我們當然可以找個時間談，不過我搞不懂這有什麼好急——」

「搞不懂嗎？」

他看著我。我起身往他那兒邁前一步。我說：「我想你應該懂。我想你或許可以跟我解釋亞伯拉罕和你之間有趣的共通點。你可以告訴我如果神不自己預備做燔祭的羔羊的話，結果會怎麼樣。你可以再跟我多談談，通往地獄之路是怎麼布滿善心的。」

「史卡德先生——」

「你可以告訴我你怎麼狠得下心殺死溫蒂・漢尼福，還有你為什麼讓小理代你一死。」

16

「我不知道你到底是什麼意思。」

「我想你知道，先生。」

「我兒子犯了一宗慘絕人寰的謀殺案，我敢說動手的那一刻他完全不知道自己在幹什麼，我原諒他所做的，我也禱告上帝原諒他——」

「我不是你教堂的會眾，先生。我知道所有你以為沒有人會發現的事情，你兒子唯一一次殺人是他自殺的時候。」

他坐那兒愣了好一會兒，慢慢消化我講的話。他的頭稍稍下垂，姿勢像在禱告，但我不認為他在禱告。他開口時，語氣與其說是要自我防衛，倒不如說是好奇，每個字聽來都有認罪的意味。

「你為什麼會……這麼想，史卡德先生？」

「很多我查到的事情，還有它們拼湊起來的結果。」

「告訴我。」

我點點頭。我想告訴他，是因為我一直有需要找人傾談。我沒有告訴凱爾．漢尼福，我差一點就告訴崔娜——開始暗示她，但終究還是沒有開口。

范得堡是我唯一能講的人。

我說：「這案子不查自破，警方是那樣看，因為只能那樣看。不過我接這案子要找的不是凶手，我本來只是想多了解些關於溫蒂和你兒子的事。結果我知道得愈多，就愈難相信是他殺了她。

「他被定罪是因為他渾身沾了血跑到人行道上，而且歇斯底里。不過如果先擱下這點，他是凶手的說法就開始漏洞百出。他下午過了一半突然離開工作，那原本是可以事先設計好的，不過他沒有。他是消化不良拉肚子，結果老闆好不容易才把他勸回家。

「他到家的時間算一算，根本就沒剩幾分鐘可以讓他姦殺她後又跑上街。當天他的舉止如常，唯一明顯的不同是他胃痛。理論上說，他是無意撞見她，而她不知怎麼引得他當場抓狂。

「但到底是怎麼回事？突然起了性衝動？他跟那女孩住一起，我們應可以很合理的假設說，他隨時都可以跟她做愛。而對他我知道得愈多，我就愈肯定他從沒跟她上過床。他們同住，但沒有同寢。」

「你怎麼知道？」

「你的兒子是同性戀。」

「不可能。」

「是事實。」

「在神的眼裡，男人之間發生關係是可恥的行為。」

「也許吧，我不是這方面的權威。小理是同性戀，這點他覺得很不自在。照我看，他對任何性關係都沒辦法覺得自在。他對你，以及他母親，有種非常矛盾曖昧的感情，所以任何性關係對他來說都是負擔。」

我走向那窩假火。我在想，搞不好連壁爐也是贗品。我轉身看著馬丁·范得堡。他的姿勢沒變，仍然端坐在那兒，雙手擺在膝上，兩眼看著他腳間的那方地毯。

我說：「小理跟溫蒂一起，好像就沉穩很多。他開始能夠規律的安排他的生活，我會說他變得比以前開朗。然後有個下午他回到家，不知道什麼逼得他發起狂來。到底會是什麼？」

他沒吭聲。

「他也許一進門就撞見她跟別的男人一起。不過這樣講沒道理，因為照說他不會因此發飆。他早該知道她的營生，知道他上班時她會約別的男人到家。再說，應該有另外那個男的痕跡，他總不會在小理拿刀割人的時候跑掉。

「何況，小理又是從哪兒拿來的刮鬍刀？他是用電動的，現在二十歲的年輕人不可能還用刀片刮。有些孩子隨身攜帶刮鬍刀就跟帶刀一樣，不過小理不是那種孩子。

「而他事後又是怎麼處理刮鬍刀的？警方宣稱他把刀扔出窗外，要不就是丟到別處，給路人撿走了。」

「聽來不是滿合理嗎，史卡德先生？」

「嗯，如果他原本真有刮鬍刀的話。當然，他也有可能是拿刀子而不是刮鬍刀幹的，他們廚房有很多刀子。不過我去過廚房，所有的櫃子和抽屜都關得好好的，你總不可能一時衝動隨手抓把刀子幹掉某人，卻還記得要把抽屜關好。不，我看只有一種說法講得通：小理回家，發現溫蒂已經死了或者快要死掉，他會歇斯底里原因在此。他沒辦法應付。」

我的頭痛又回來了，我拿指節摩搓太陽穴。沒多大用處。

「你告訴過我，小理的母親在他很小的時候過世了。」

「對。」

「你沒說她是自殺死的。」

「你怎麼知道她自殺？」

「只要是列上記錄的事，有心人一定可以查到。那種資料我不必費心去挖，重點是得想到去查。你太太在浴缸割腕自殺，她用的是刮鬍刀嗎？」

他看著我。

「你的刮鬍刀嗎，先生？」

「我看不出這有什麼重要。」

「真看不出嗎？」我聳聳肩。「小理走進去，發現他母親死在一灘血裡。然後，十四年後，他走進貝頓街一間公寓，發現跟他同住的女人死在她床上，也是刮鬍刀割死的，也是躺在一灘血裡。

「從某種角度來看，我認為溫蒂．漢尼福對他就像母親一樣。他們在彼此的生活裡，一定扮演過很多不同的代理角色。但突然一聲霹靂，溫蒂變成他死去的母親，小理沒法應付這個變化，結果我想他做了這輩子從沒幹過的事。」

「什麼事？」

「他跟她性交——完全是無法控制的反應。他連衣服也沒想到要脫，就那麼躺到她身上和她媾合，事畢後他衝上街，開始扯著喉嚨大聲嘶喊，因為他腦裡滿滿的就是他和他母親交媾的畫面，而現在她死了。你可以想像他當時的想法，先生。他以為他把她幹死了。」

「我的上帝。」他說。

我在想，這四個字他以前應該從沒用這語氣說過。

我頭疼得更厲害了。我問他有沒有阿斯匹靈。他告訴我怎麼到一樓的浴室，醫藥櫃裡有阿斯匹靈。我服了兩顆，喝下半杯水。

我回到客廳時，他仍然保持原來坐姿。我坐回原位，看著他。還有很多話得講，但我想等他打開話頭。

他說：「實在意想不到，史卡德先生。」

「是啊。」

「我從來沒有考慮過理查有可能是無辜的，我打開始就認定是他幹的。如果你說的沒錯——」

「錯不了。」

「那他等於平白死掉。」

「他是為你而死的，先生。他是燔祭用的羔羊。」

「你總不會真以為是我殺了那個女孩。」

「我知道是你，先生。」

「你怎麼可能知道？」

「你跟溫蒂在春天碰過面。」

「對。我想你上回到這兒時，我就告訴過你。」

「你選個你知道小理上班的時間過去。你想跟這女孩碰面是因為小理和她活在罪惡裡，你於心難安。」

「這話是我跟你講的。」

「對，是你講的。」我吸口氣。「溫蒂．漢尼福偏好年長男子——可以扮演她父親角色的男人。碰到吸引她的男人，她會非常積極主動。念大學時，她引誘了好幾個教授。

「她碰到你，深深迷戀上你。這點不難理解。你有威嚴，嚴苛冷峻，令人望而生畏。最重要的是，你就是小理的父親，而她和小理一直像姐弟一樣生活在一起。

「所以她就開始挑逗你，我想她這麼做應該是駕輕就熟，而你又非常脆弱。你當了多年鰥夫，你的管家或許份內的事辦得很有效率，但你當然不可能把她當做洩欲的工具。上回在這兒的時候，你告訴我你後來回想起來，覺得應該為小理再婚。我想你真正的意思是，你應該為你自己再婚，這樣你就不會對溫蒂．漢尼福的誘惑毫無抵抗能力。」

「這全是你憑空臆測而已，史卡德先生。」

「你跟她上床。也許那是你太太過世以後，你第一次做愛。我不確定，不過這也不重要。反正你是跟她上了床，而且我想你還滿喜歡的，因為你不斷又去找她。你自譴自責，但你沒有因此回頭，還是繼續沉淪下去。

「你當然恨她。連她死了以後，你還特意告訴我她有多邪惡，我本以為你是要為你兒子的罪行，找個合理化的解釋。當時我並沒有認定他是兇手，不過我以為你是那麼認為。

「然後你告訴我，他承認有罪。」

他沒說話。我看著他拭掉前額的涔涔汗水，然後抹抹袍子。

「那其實也不代表什麼。你可能一直想說服自己相信，小理是帶著悔罪的心死掉；要不也許他是真的跟你認了罪——因為事後他也糊裡糊塗，根本搞不清到底發生了什麼。他告訴過律師他發現溫蒂死在浴缸裡，也許再多想一下，他就算不記得經過，也會總結是自己把她殺了。

「不過對溫蒂了解愈多，我就愈難把她跟邪惡聯想在一起。我不懷疑她對某些人的生活的確帶來負面影響，但她為什麼會給你邪惡的感覺？這其實只有一個解釋，先生。她引誘你做了你覺得可恥的事，而這又讓你做了更可恥的事——你殺了她。

「你事先計畫好了，把刮鬍刀帶去。殺她之前，你和她上了最後一次床。」

「一派胡言。」

「一字不假。我甚至可以告訴你，你做了什麼。驗屍報告說，她死前不久有過口交和陰道交。

小理跟她應該是性器交合，所以我看你是脫下衣服，要她對你口交，然後亮出刮鬍刀把她割死。事後你就回家，讓你兒子背這黑鍋。」

我站起來，走到他椅前站定。「告訴你我是怎麼想的。我認為你是他媽婊子養的。你當時知道小理再過兩個鐘頭就會到家，你知道他會發現屍體，你不見得預料到他會崩潰，但你知道警察會把他扭送警局，逼他認罪。你設計害他。」

「沒有！」

「沒有？」

「我本打算……報警，我想打匿名電話。他們會在他下班前發現屍體。他們會推斷他跟命案沒有關係，他們會把目標鎖定在她某個性伴侶身上。他們永遠不會想到——」

「你為什麼沒有照原定計畫進行？」

他很困難的嚥口氣。他說：「我離開公寓，頭暈目眩，我……被我做的事嚇壞了。然後我看到小理往公寓的方向走去。他沒看到我，我看著他爬上樓，我知道……知道來不及了。他已經來到犯罪現場。」

「所以你就讓他上樓。」

「對。」

「那你去探監的時候呢？」

「我想告訴他。我想……跟他說點什麼。我……我開不了口。」

他上身前傾，兩手抱著頭。

我讓他像那樣坐了一會兒。他沒哭，沒發聲音，只是坐在那裡，看著他靈魂某處的黑洞。最後我站起來，從我口袋掏了瓶半品脫裝的波本。我打開瓶蓋，遞給他。

他不想要。「我不喝酒，史卡德先生。」

「這是特殊情況。」

「我不喝酒，我家裡不許有人喝酒。」

我琢磨後頭這句話，心想他已經沒有資格設定規則了。我咕嚕咕嚕灌了好幾口。

他說：「你沒法證明。」

「那麼肯定嗎？」

「只是你一些猜測而已。事實上，大部分都是猜測。」

「到現在你還沒否認什麼。」

「沒有。事實上，我等於承認了，不是嗎？不過我會否認我跟你說過這些話。你沒有一丁點證據。」

「你說得再對也不過了。」

「那我就搞不懂你到底用意何在。」

「我沒法證明什麼。不過警方可以——如果我報案的話。以前他們沒有必要展開調查，不過現在他們會開始挖，然後會挖出東西。他們首先會要你交代命案當天你的行動。你當然說不出來，不過這本身不足以構成罪名，但他們這就有理由追查下去。他們現在還封著那公寓，一直沒理由動手採集指紋。現在他們可有理由了，而且一定可以找到你的指紋。我敢說你沒有四處抹抹擦擦。

「他們會問你要刮鬍刀。如果你有把新的，他們會覺得納悶。他們會翻出你所有的衣服找血跡。我想你殺她時應該是光著身子，不過你總會在哪兒留下一點血漬，沒法洗掉。

「他們會一點一滴拼湊出個案子來，事實上他們也不需要統統拼出來，因為你在拷問之下要不了多久就會崩潰。你會碎成片片。」

「我也許比你想的要堅強，史卡德先生。」

「你是冷硬，不是堅強。你會垮的。我盤問過多少嫌犯你一定沒法想像，哪種人受不了壓力我一看就知道。對付你太容易了。」

他看著我，然後移開視線。

「不過你垮不垮其實都無所謂，而他們能不能找到足夠的證據起訴你，也無關緊要，因為只要警方展開調查，你就沒戲唱了。看看你的生活吧，范得堡牧師。他們一旦開始，你就完了。你就沒辦法每個禮拜天對著你的會眾宣讀律法，你會顏面掃地。」

他默默坐了幾分鐘。我掏出酒瓶，又喝幾口。喝酒抵觸他的信仰。啐，殺人抵觸我的。

「你目的何在，史卡德先生？我得先聲明我不是很有錢。」

「你說什麼？」

「我想我是可以安排定期付款。我沒辦法付很多，不過我可以——」

「我不要錢。」

「你不是想勒索？」

「不是。」

他蹙眉看我，一臉不解。「那我就搞不懂了。」

我讓他自己想。

「你還沒去報警？」

「沒有。」

「你打算去嗎？」

「希望不用。」

「我不懂你的意思。」

我又喝了點酒。我把瓶子蓋好，擺回口袋。我從另一個口袋掏出一小瓶藥。

我說：「我在貝頓街公寓的藥櫃找到這個，是小理的。他十五個月以前找醫生配的處方，是Seconal，安眠藥。

「我不知道小理是不是有失眠問題，不過他顯然沒服。這瓶子還是滿的，有三十顆藥。我想他當初買的時候可能打算自殺。很多人起先會那樣想不開，有時候他們會改變主意把藥扔了，有時候他們會留著準備下一次又有想死的念頭時再服。另外還有些人覺得，自殺用品擺在伸手可及的地方比較有安全感。聽說自毀的念頭幫助很多人度過無眠的夜晚。」

我走向他，把瓶子放在他椅旁的小茶几上。

「裡頭的分量夠了，」我說，「如果統統服下，保證你可以長眠不醒。」

他看著我，「你全計畫好了。」

「對。我的時間都拿來想這個。」

「你要我結束自己的生命。」

「你的生命已經完了，先生。現在只是要看你想怎麼結束。」

「要是我服下這些藥呢？」

「你可以留張紙條。你因為兒子自殺非常沮喪，找不到活下去的理由。離事實其實不遠，不是嗎？」

「如果我拒絕呢？」

「我禮拜二早上就去警局。」

他深呼吸好幾下。然後他說：「憑良心說，你真認為讓我活下去不是好事嗎，史卡德先生？我的工作對眾人有益，你知道。我是很好的牧師。」

「也許你是。」

「我真的認為我對世人有益。我做的好事不是很多，但多少總有一些。我想繼續行善難道有什麼不對？」

「沒有。」

「而且我不是什麼罪犯，你知道。我是殺了……那女孩……」

「溫蒂．漢尼福。」

「我殺了她。哦，你認定那是悉心策畫、冷血無情的謀殺，對不對？你知道我發過多少誓，永遠不再見她？你知不知道我攥著刮鬍刀到她公寓幾次？一心一意想要殺她，但又害怕犯下這天理不容的大罪。那種矛盾跟折磨你能想像嗎？」

我什麼也沒說。

「我殺了她。以後無論如何我都不可能再殺人。憑良心說，你真認為我對社會是個禍害嗎？」

「對。」

「為什麼？」

「殺人不償命會危害社會。」

「但如果我照你的提議去做，沒有人會知道我是為那個理由結束生命。沒有人會知道我在為謀殺付出代價。」

「我會知道。」

「你打算法官跟陪審團都一手包了，是不是？」

「不，得一手包的是你。」

他闔上眼睛，往後靠坐。我想再喝酒，但終究沒有掏出瓶子。頭痛還在，阿斯匹靈連它一根寒毛也沒動到。

「自殺在我看來是罪，史卡德先生。」

「我同意。」

「真的嗎？」

「當然。如果不是這麼想的話，我早就自殺了。還有更大的罪。」

「殺人。」

「那是其中之一。」

他牢牢看著我。「你覺得我是惡人嗎，史卡德先生？」

「我不是這方面的專家。善與惡，這種事情我一向搞不清楚。」

「回答我的問題。」

「我想你出發點是很好，這你講道時也提過。」

「而我布下的是通往地獄的路？」

「呃，我不知道你的路通往哪裡，不過一路上的確出了不少事，對不？你太太自殺，你情婦掛掉，你兒子發狂，還為一件他沒做的事上吊。這樣說來，你是善是惡？這點你得自己想清楚。」

「你打算禮拜二早上到警察局？」

「必要的話。」

「我自行解決的話，你會保持沉默？」

「對。」

「那你呢，史卡德先生？你是代表善，還是惡的力量？我敢說你已經想過這個問題。」

「偶爾。」

「你的回答呢？」

「模稜兩可。」

「那現在這個情況呢？強逼我自殺？」

「我可沒在逼你。」

「沒有嗎？」

「沒有。我是好意給你自殺的機會，只有笨蛋才會放棄。我可沒逼你做任何事情。」

17

禮拜一我一大清早就醒了。我在轉角處買份《紐約時報》，配著培根煎蛋和咖啡一起消化。一名計程車司機在東哈林區遇害，有個乘客拿冰鑽刺過玻璃隔板的通氣孔把他戳死。現在每個讀過《紐約時報》的人都會曉得，又多了個方法可以幹掉計程車司機。

銀行開門的時候，我到那兒把凱爾．漢尼福給我的支票存進一半。剩下的我領現金，然後走過幾條街到郵局買張匯票。我在我旅館房間把信封寫上地址，貼好郵票，拿起話筒撥給安妮塔。

我說：「我要寄個幾百塊給妳。」

「不用了。」

「呃，買些東西給孩子吧。他們怎麼樣？」

「很好，馬修。他們現在在學校，當然。錯過你的電話他們會很難過。」

「反正電話上也講不了什麼。我在想，我可以買到禮拜五晚上大都會棒球隊的票。看妳能不能把他們送到體育館，賽後我會叫計程車送他們回家——如果妳覺得他們願意的話。」

「我知道他們一定願意。我開車載他們過去，絕對沒有問題。」

「呃，那就看能不能買到票了。應該不會太難。」

「要我告訴他們嗎？還是等你真拿到票了再說？或者你是想親自告訴他們？」
「不，由妳講吧，怕他們另外安排了節目。」
「為了跟你一起看比賽，他們什麼都可以取消。」
「重要的事可就不能了。」
「他們也可以跟你一起回城裡。你可以幫他們在你旅館租個房間，隔天再送他們坐火車回來。」
「到時候再說吧。」
「嗯。你怎麼樣，馬修？」
「很好。妳呢？」
「還可以。」
「妳跟喬治還是一樣？」
「為什麼問？」
「只是好奇。」
「我們還有碰面，如果你是要問這個的話。」
「他有沒有考慮跟羅莎莉離婚？」
「我們已經不談這個問題了。馬修，我得走了，他們在按喇叭催我。」
「好吧。」
「票的事早點跟我講。」

「當然。」

也沒登在《郵報》上，不過下午兩點左右我把收音機轉到一家新聞台，聽到了這個消息。馬丁．范得堡，灣脊區第一復興教會的牧師，被他的管家發現死在臥室裡。驗屍報告還沒出來，不過死亡原因暫定是吞服大量的巴比妥酸鹽。范得堡牧師目前已知是理查．范得堡的父親，理查最近因為謀殺與他同住格林威治村一間公寓的溫蒂．漢尼福被捕，畏罪自殺。據稱范得堡牧師為他兒子的死悲痛不已，顯然他結束自己生命的原因在此。

我關掉收音機，又坐了約莫半小時。然後我就繞過路口到聖保羅教堂，在濟貧箱擺了一百塊錢，是凱爾．漢尼福給我紅利的十分之一。

我在靠後頭的地方坐了一會兒，思考很多事情。

離開前我點上四根蠟燭。一根給溫蒂，一根給小理，一根照例是給艾提塔．里維拉。

還有一根給馬丁．范得堡，當然。

馬修・史卡德系列 01
父之罪 The Sins of the Fathers
作者——勞倫斯・卜洛克 Lawrence Block
譯者——易萃雯
封面設計—— ONE.10 Society
編輯協力——黃麗玟、劉人鳳
業務——陳玫潾、林佩瑜、葉晉源
行銷企畫——陳彩玉、楊凱雯
總編輯——劉麗真
總經理——陳逸瑛
發行人——凃玉雲

出版——臉譜出版
104台北市中山區民生東路二段141號5樓
電話：(02)2500-7696　傳真：(02)2500-1952
臉譜部落格 facesfaces.pixnet.net/blog

發行——英屬蓋曼群島商家庭傳媒股份有限公司城邦分公司
104台北市中山區民生東路二段141號11樓
客服服務專線：(02)2500-7718；2500-7719
24小時傳真專線：(02)2500-1990；2500-1991
服務時間：週一至週五上午9：30~12：00；下午13：30~17：00
劃撥帳號：19863813
戶名：書虫股份有限公司
讀者服務信箱：service@readingclub.com.tw

香港發行所——城邦(香港)出版集團有限公司
香港灣仔駱克道193號東超商業中心1樓
電話：(852)2877-8606　傳真：(852)2578-9337　E-mail: hkcite@biznetvigator.com

馬新發行所——城邦(馬新)出版集團 Cite(M)Sdn Bhd (458372U)
41, Jalan Radin Anum, Bandar Baru Sri Petaling, 57000 Kuala Lumpur, Malaysia.
電話：(603)9056-3833　傳真：(603)9057-6622　E-mail: services@cite.com.my

初 版 一 刷　1998年9月
三 版 一 刷　2022年5月
ISBN 978-626-315-116-1

定價260元(本書如有缺頁、破損、倒裝，請寄回本社更換)

國家圖書館出版品預行編目資料

父之罪 / 勞倫斯・卜洛克(Lawrence Block)著；易萃雯譯. -- 三版.
-- 台北市：臉譜出版：家庭傳媒城邦分公司發行, 2022.05
面；公分. -- (馬修・史卡德系列；01)
譯自：The Sins of the Fathers
ISBN 978-626-315-116-1(平裝)
874.57　　111005309